東京人

tokyo jin

新井一二三

【自序】

青春的紀念冊

本集收入的文章，都是我生活在香港以及多倫多的時候寫的。多半來自《星島日報》專欄「邊緣人」；其他則首先出現在《明報》、《明報月刊》、《九十年代》、《姊妹》等刊物；有一部分曾放在香港出版的散文集《鬼話連篇》。

當時的我是剛三十出頭的單身女子，本來有理由離鄉背景，經過多年在海外漂泊的日子後，重新開始對家鄉日本有所關懷。

年輕時候，我恨不得做個外國人，於是拚命學外語，也移民海外。結果，連家人都把我當作洋鬼子，也有個同胞說我是「不明國籍人」。可是，那全是小小的日本圈子裡的事情。至於我的外國朋友們，無論來自什麼國家，大家都從頭到尾當我是日本人。也難怪，我就是土生土長的日本人。

算了吧！與其做個假洋鬼子，倒不如做個地道的日本人——那是我三十多歲下的結論。

披頭四有一首歌叫「The long and winding road」。從二十幾到三十幾，我走了漫長而曲折的路。不過，也許，每個人的青春時代，都是一條漫長而曲折的路。

這本書，可以說是我青春的紀念册。字裡行間，說不定還有我當時流的淚痕。太酸了嗎？請多多包涵！

新井一二三　二〇〇〇年五月於日本東京

c o n t e n t s

卷三：日本味道

卷四：難忘的亞熱帶

懷舊物語

東京中央線

東京是我的故鄉。每次回日本，多半的時間我都在東京。因爲老家在中野區，買東西，吃飯、見朋友，又經常在中野一帶。從新宿坐JR中央線快速往西，第一個站就是中野。

在火車站北邊，有條連環拱廊商店街叫「中野百老匯」。我小時候穿的很多衣服，都是媽媽在這裡買的。靠車站的一部分是普通的商店街，再往北走，就到總共五層樓的購物中心，上邊有高級公寓樓。

三百年前的江戶時代，這裡曾有過「御犬圍」，是瘋狂的幕府將軍想出來的鬼物。德川家第五代將軍綱吉信佛，而且酷愛養狗；因此，他發布了一條法令叫做「憐生類令」，讓人民崇拜狗類。「御犬圍」是綱吉給狗建設的一種大豪宅。

當然，「御犬圍」早就消失了。二十多年前，在我的孩提時候，已經有了「中野百老匯」，當時是全東京最摩登的地方之一。

當年很紅的歌星澤田研二，結婚以前亦在這裡住過。現在，「中野百老匯」稍微老化，但還是有不少名人居民，前東京市長青島幸男是其中之一。我朋友說，有時候晚上在附近的小酒館，會碰到穿著便裝自己出來的前市長。

在「中野百老匯」衆多的鋪子當中，我最常去的是二樓的「坂越咖啡店」。我不知道它是什麼時候開的。不過，我高中時代，已經有「坂越咖啡店」。老闆是坂越家的三姊妹，當年是年輕姑娘。

正宗的法國式牛奶咖啡，我是在「坂越咖啡店」平生第一次喝的。每一杯咖啡，都用手慢慢泡，香氣馥郁得很；最近，我每一兩年才有一次機會去。不過，坂越家三姊妹的笑容和咖啡的味道，十幾年都沒有改變。在那裡坐下來，我眞正感到「回家來了」。

由於「中野百老匯」的各單位，是賣的而不是租的，新陳代謝的速度相當緩慢。去「坂越咖啡店」之前，我一般先到三樓的「明屋書店」；買好了幾本書和雜誌，從容不迫地下樓梯去。

「中野百老匯」的設計有點特別。購物中心的一部分，除了地庫以外，上邊有四層，但電梯只連接一樓和三樓，至於二樓和四樓，用樓梯方能到，是閣樓一般的。

結果，到二樓和四樓的人比較少，相當安靜。走廊的氣氛，不像在大廈裡，反而彷彿小巷子，尤其是小型餐館集中的二樓，我特別喜歡慢慢逛。「中野百老匯」曾具有流行發祥地的角色，很多新的食物都先在這裡出現，然後傳播到東京其他地區以及日本全國去了。

比方說，義式薄餅、「博多拉麵」等，如今日本什麼地方都有，發源地就是「中野百老匯」，或者說意粉專門店，亦是二十年前，由前任青島市長在這裡開了全國第一家的。今天，如果想在這一帶吃台灣風味的素菜，唯一的去處又是「中野百老匯」的二樓。

我想，對遊客來說，「中野百老匯」是了解東京民生的好地方。只要有兩三個鐘頭的自由活動時間，便可乘火車或地鐵「東西線」去一趟。

中野是中產階級的住宅區，而且有不少文化人住。如今在「中野百老匯」能看到的東西，雖然不是東京最先進的，反而很有代表性。

在「中野百老匯」地庫，有菜市場、超級市場，也有好多時裝店聚集的「小巴黎」。因爲這裡的商品沒有銀座、原宿貴，不少外國遊客特地來購物。

喜歡日本漫畫的人，則不可以錯過三樓的「MANDARAKE」，是東京最大的舊漫畫書店。老闆自己以前是個漫畫家，蒐集各種漫畫的熱忱實在不俗，無論想找什麼樣的作品，來這裡就能找到。難怪，各國漫畫店的老闆到日本採購，均一定會光顧「MANDARAKE」。一些名家如手塚治虫的初期作品或原畫，有時賣價高達一百萬日圓，還是有愛好家願意買。

其實，在中央線的沿線，除了中野以外，也有不少好地方。東京是一千兩百萬人生活的大城市，在每一個火車站周圍都有幾萬人住，也就是相當於一個小城市了。

比如說，離中野再坐幾分鐘的火車便到達的荻窪。在荻窪車站隔壁的大樓地庫，有兩家東京最著名的鮮魚店。聞名於世的蕎麥麵店「本村庵」也在附近，而其室外室內的設計，很富有傳統日本情調。在這裡，從中午到晚上，一直能看到單獨或跟夥伴一起的老先生，邊喝日本清酒邊吃小菜和蕎麥麵的情景。

若有時間散散步，則可到離荻窪車站不遠的「大田黑公園」。這兒原先是貴族的住宅，後來捐贈給當地政府，成爲免費開放的公園了。純日本式的庭園，一年四季都有不同的花兒開，清靜得不敢相信是位於東京市區。

生活在海外，每次聽到外國朋友說「東京只是個大城市，沒有味道」，我總是心裡不服氣。他們是沒看過眞正的、美麗的東京的。

沿著中央線再往西走，一個鐘頭就到青梅。

不愧於其美名，從二月底到三月初，滿街都盛開紅白兩色的梅花。青梅的礦泉水味道甘甜，用來做的清酒「澤之井」很出名，到「小澤酒藏」公司能夠參觀釀造過程，亦可嘗嘗剛做好的新酒。再說，青梅也有溫泉：在河邊看著風景泡澡，簡直是人間天堂。

這就是我的東京。不一定符合每一個人的口味，不過，保證是挺有味道的。

神田神保町的「髑髏」

東京千代田區的神田神保町是書店出版社集中的地區，光是舊書店就超過一百家。

我每次回東京，總是匆匆忙忙，但只要有一點點空閒的時間，一定要到神保町。首先逛一些書店，包括專門賣跟中國有關的書的內山書店。這家內山書店的前身就是在上海租界裡著名的內山書店。

買了幾本書籍雜誌，我去附近的咖啡廳，邊聽古典音樂，邊喝咖啡，邊看書。神保町有好幾家咖啡廳，氣氛跟十多年前我念書時候完全一樣。

天黑了之後，我則去打開「髑髏」的門。那是一家很小的酒館，除了吧櫃以外，只有七、八個座位。我曾經每個星期至少來這裡兩三次，說「我是髑髏大學畢業的」也不一定過分。

老闆看到了我，只說「啊，你來了」，哪怕我們幾年沒有見面，他總是跟以前一樣。他姓老川，名字叫春男，大概是春天出生的吧。我們經常叫他「孔乙己」，因爲他是魯迅的崇拜者。

老川老闆是日文所謂的「江戶子」，即老東京，我也是。江戶子的特點是心直口快，不愛談錢，還有愛哭。老闆十八歲中學畢業以後，開始在氣象廳工作，同時上明治大學的宿校，念了中文。然後，到了四十七、八歲，他放棄了氣象廳提供的鐵飯碗，來神保町開了「髑髏」。

「髑髏」的常客很多是在附近的書店、出版社，或者大學工作的人。我在日中學院的同學古屋先生開的文具行也在附近。我是在古屋先生的介紹下成了「髑髏」的常客的。

有一次我問過老川老闆，他的酒館爲什麼叫「髑髏」？「拉拉拉……」，他忽然開始唱歌，接著告訴我：有一首歌叫〈髑髏和士兵〉，是他最喜歡的歌。我在其他地方從來沒聽過這首歌，聽老闆唱的也就只有那麼一次。

但在「髑髏」，我們經常唱歌。請別誤解，這裡並沒有卡拉ＯＫ。老闆有一把吉他，雖然他自己不會彈。沒有問題，在常客當中好幾個人會彈吉他。其他人隨著伴奏一起唱俄羅斯民歌，如〈莫斯科郊外的晚上〉。

我在「髑髏」幾乎沒付過錢。因爲我當時是個大學生，老闆說：「誰要大學生的錢？」一開始，別的常客替我付錢，但後來不知道誰出的主意：「一二三在這裡工作不就行了嗎？」於是我定期去「髑髏」，照樣喝酒，跟常客聊天、唱歌，區別在於這回我站在吧櫃裡邊。走的時候老闆給我車資。有時候一個晚上都沒幾個客人，我不敢收錢，說：「誰要窮酒館的錢？」老闆倒覺得過意不去，乾脆關門帶我去吃壽司。

我在「髑髏」學的東西不少。因爲大部分常客是有文化的人，面對好奇的大學生，自然當上免費的家庭教師。他們把好書介紹給我，也告訴我很多當時的我還沒法明白的事情。

雖然是個破酒館，「髑髏」確實有文化沙龍的味道。有人一個星期來四次，有人來兩次，有人一個月不來一次。但無論什麼時候去，都能見到同一批人。其中一個是四十多歲的女性，她是老闆在氣象廳工作時候的同事。有一個晚上她告訴我：「你很年輕，可以有很多男朋友，但如果遇上了眞正愛的男人，你應該嫁給他，絕不要猶豫。因爲你錯過了第一次，就不一定有第二次了。」後來我得知，她二十五歲的時候有個戀人，想跟她結婚，但當他問她：「你願不願意跟我結婚而去巴西？」時，她卻沒能下決心。

很多友誼在「髑髏」開始了。當初帶我去「髑髏」的古屋同學，後來跟一位在那裡工作的上海姑娘結婚了。也有一些常客之間發生了愛情，有的成家，有的分手。

人生沒有不散的筵席。過了幾年，很多當時的常客都不去「髑髏」了。我不知道是什麼原因，大概一個時代過去了。

但每次回東京，我還是要去神田神保町的「髑髏」。老川老闆的頭髮白了很多，而且整個人都瘦小了。儘管如此，我每次打開門，他就對我說句：「啊，你回來了。」現在我是付錢的客人了。

「李白會」的故事

現在回想，我自己都覺得很奇怪，幾個十六、七歲的日本中學生，怎麼想到組織一個「李白會」呢？那是一九七七年，我高中二年級夏天的事情。

東京的孩子早熟，而且我們學校沒有制服。雖然是未成年，我們下課以後偶爾去喝酒。那些酒吧的人以爲我們是大學生嗎？不知道。也許，只要是付錢的客人，對他們來說都是好客人，年齡並不重要。

每次去的大概有五、六個人，其中分兩派：一派是搞文藝的，他們寫詩也寫小說。我屬於另一派，我們是搞學校報紙的。當時影印機還沒普及，報紙都是自己一張一張地油印的。我的指甲經常黑，但我是引以爲榮的。

十六、七歲的孩子當然不懂得喝酒，根本不懂酒的味道，我們只是喜歡喝醉酒的感覺而已。只要是含酒精的東西，什麼都行。啤酒、清酒，還有加水加冰塊的威士忌，都大口大口地喝下去。

有一天，不知道是誰說出來的，「我們這個會應該有個名字」。也不記得是誰提出來的，「愛喝酒的，還是用李白的名字好。」於是，我們幾個愛喝酒的壞日本孩子，以中國唐代詩人的名字稱呼自己的會。

在學校，「漢文」是必修課。日本所謂的「漢文」不是現代漢語，而是中國古文。把古漢語用日語念下來，這是日本傳統文化修養的一部分。到底學了些什麼，我不太記得了。只有〈長恨歌〉，我的印象比較清楚。反正李白、杜甫等的名字對我們並不陌生。老師講給我們聽：有一個晚上，李白在小舟上喝酒，看到了湖面上月亮的倒影，想把它抓住，不幸從舟上掉下來，就這樣死去了。

學校裡教的東西，最重要的事情小孩子往往不記住，反而對有些小節印象很深，永不忘記。李白的最後算是那種小節之一。我們感到很好玩，也覺得很淒慘、很浪漫；模模糊糊地窺視到一種像人生觀的東西。

十六、七歲的時候，跟朋友們在一起，總是有說不完的話。天天在學校一起，下課以後又在一起，回到家了再打電話聊個不停，直到母親走過來罵我。到底談了些什麼，我都不太記得了。好像談了小說、音樂、話劇，也談了更多有關同學、老師的事情。

雖然我們有「李白會」的名字，根本沒有做過關於李白或者唐詩的研究。只有一個同學試圖寫像唐詩的東西。很可惜我早就丟掉了。現在眞想看看究竟他的「漢文」水平如何？

「李白會」的命很短，只有一個夏天。到了秋天，三年級的同學忙於準備大學入學考試。剩下來的幾個二年級學生彼此也開始疏遠起來。沒有特別的原因。

上了大學之後，我幾乎沒有跟當年「李白會」的成員來往。大家上的學校不同，我在早稻田大學。雖然都在東京，互相離得很遠，再說每個人的專業也不一樣了。

一九八四年，我大學四年級的春天，有一天在家裡看電視新聞，知道五個東京大學的學生在富士山附近的山中湖搞野營，晚上喝醉了酒之後開始划船，不幸出了事，當場就喪命。那是月亮很美的一個夜晚。

當在屏幕上出現五個遇難者的名字時，我簡直不敢相信自己的眼睛，因爲我發現其中一個便是當年「李白會」成員之一。在他的葬禮，我見到了幾年沒音訊的老同學們。二十二、三歲，我們都沒想到會這樣失去一個老朋友，也沒想到他的葬禮是我們畢業後的頭一次聚會。

誰也沒有提到李白和他命運之巧合。這當然是巧合，但說不定那天晚上在湖畔看到美麗的月亮，他到底有沒有想起李白的故事。

十多年過去了。我不是迷信的人，但偶爾感覺到房間裡有看不見的亡靈。每逢此時，我默默地斟一杯酒。我如今啖一點酒的味道，很歡迎有朋自遠方來。

東京的大自然

我在東京市區長大，跟大自然接觸的機會從小就很少。過了二十歲移民去加拿大，我才開始搞露營、划舟等野外活動。夏天的加拿大鄉下眞美，綠色的樹，藍色的河，白色的雲，簡直洗滌人的心靈。水裡有魚，天上有鳥，陸上有各種野生動物。對我來講，一切都很新鮮、很難得。當時我常想，若能給父母看加拿大夏天的風景，會多麼好。他們也在城裡長大的，跟自然隔離得很遠。

這次回日本，朋友帶我去了東京的鄉下。沒錯，東京是有鄉下的。未料，自然之美並不亞於加拿大。

從新宿坐火車一直往西走，差不多一個半鐘頭便到武藏五日市。然後再坐一個鐘頭的公共汽車，終於到達了我們的目的地檜原村數馬部落，可說是東京最偏僻的地方了。東京都內有好幾十個「區」和「市」，也有一些「町」。至於「村」，只有一個檜原，靠近山梨縣的數馬部落，好比是東京的西藏。

在那兒，除了山和溪之外，幾乎什麼都沒有。幾家小型旅館，主要是爲行山人士服務的。據說，約四百年以前，有些戰敗武士來這裡定居，他們以及後代，曾賣木炭維生。現在，日本很少有人用木炭了，數馬沒有可觀的產業。

我們下榻的旅館叫「蛇之湯寶莊」。日文的「湯」字是熱水或浴池的意思，寶莊旅館擁有在部落裡唯一的溫泉。根據傳說，有一條負傷的蛇來過這裡，泡在溫泉水後痊癒了。

寶莊旅館的屋頂是用茅草苫的，裡邊總共才有十個客房，都是榻榻米地板的傳統日本式房間。窗戶外面是一條小溪，附近有幾個瀑布，有一天二十四個小時不停的水音，就不需要什麼背景音樂，更不想打開電視機了。

對我來說，最有吸引力的是蓋在河邊的澡堂。雖說是暑假季節，很少有人來檜原村數馬部落。我每次去泡溫泉，澡堂上都沒有別人。溫泉水滿滿蕩蕩的大浴池屬於我一個人，像小朋友一般在浴池裡游泳，也沒人看見了。

溫泉水是礦泉水，蛇之湯除了對外傷有效以外，亦能治高血壓等等。溫泉水特別透明，在皮膚上的感覺特別滑。在熱水裡泡著，把眼光放在遠處山上樹葉的綠色，整個身體都恢復元氣。

寶莊旅館的晚餐，以各種野菜和溪魚爲主，在東京市區是吃不到的，很美味而且卡路里低。白天可以去行山散步，一到晚上外面非常黑，只好留在旅館裡。鄉下沒有酒吧、卡拉ＯＫ，想喝酒也只能在房間裡。離城市文明很遠，卻有豐富的自然環境。

在回家的路上，我們也去了同一個地區的幾個小鎮，都不繁華，但很幽靜、很乾淨，自然生態保護得很好。如今的日本很流行野外活動，年輕人的集團或小家庭，划獨木舟、搞露營、野餐等等，跟加拿大度假時是一樣的。這實在讓我大開眼界。

也許，日本的經濟水平到了一定程度之後，人們重新開始欣賞大自然，很積極地去享受休閒時間。以前，我還在日本的時候，大家都忙於工作賺錢，難得的休假則參加旅遊團，去海外大城市拚命購買名牌衣服手袋之類。看來，那種時代在逐漸過去，年輕一代的日本人懂得欣賞大自然。他們知道，爲了充實自己，不一定要花很多錢。

我本來以爲東京是沒有自然的大城市，但那是錯誤的。其實，東京有個村子，那裡的人過著鄉下的生活。交通不算太方便，去市中心需要兩個多小時。儘管如此，就生活的質量而言，說不定鄉下人更富裕。

過去，我沒能發現東京的大自然，一個原因是當年的日本沒有適當的社會環境和氣氛。不過，另一個原因是我自己的心態。不知怎地，我相信了美好的生活只能在海外找得到。

傍晚，我們坐在多摩川的河灘，有些年輕人搭起帳篷準備露營，也有些小朋友扔著石頭玩耍。風景非常美麗，而且在我的家鄉。

我想起了童話「青鳥」。爲了尋找幸福的青鳥，跑了很遠都抓不到。很失望地回家後卻發現，原來，家裡養的鳥就是青色的。

圓月旅行

過去幾年，我每次回日本探親，第一個家庭任務便是看父母去海外旅行時候拍的一大堆照片。

一九八〇年代初，我是全家第一個出國的。我在中國大陸讀書的時候，父母曾帶妹妹、弟弟，還有姥姥來看我。當時，大家第一次辦護照到了外國，興奮得很。

至今才十多年，我父母已經幾乎跑遍了全球。香港、新加坡、印尼、澳洲、美國、加拿大、英國、法國、瑞士、義大利、丹麥、挪威、瑞典、加勒比海……每次回老家，我都發現新的照片册。

最近的一次，我看的不是照片，而是錄影帶。八月份，父母去了南美洲兩個星期，到了巴西、阿根廷、智利等國家。在路上，父親一直拿著攝影機，總共拍了六個小時的錄影。我要邊吃飯邊把它看完，實在不容易啊！

我父母是六十多歲的老人家，雖然還沒有退休，工作沒有從前那麼忙了。一年兩次放兩個星期的假，對他們來說並不困難。完全不懂外語的日本老人，當然不可能單獨走。他們是看報紙的廣告，選擇合適於自己的旅遊團，然後跟著導遊走世界的。

比如說，這一次南美洲之行，一共有二十多名團員，其中七成是跟我父母年紀差不多的老夫妻。剩下來的一部分是把先生留在家裡，跟同性朋友們結伴出來的中年家庭主婦。

十年、二十年前，海外旅行對大部分日本人來講，還算是奢侈的。現在，情況完全不一樣了。參加旅遊團去國外一個星期，往往比在日本國內的溫泉旅館待三天還要便宜。這是日圓高企的緣故。

我父母在戰爭時代出生長大，戰後日本經濟起飛時，他們正忙於工作、養孩子。幾年前，我最小的弟弟念完大學開始工作，父母才能夠鬆口氣。

可是，他們一代人是不會玩的，因爲年輕時候沒有條件玩。孩子們全離開家了，生活不用擔心了，他們卻不知道怎麼樣打發時間才好。從來沒有過業餘時間，自然也沒有愛好可說。

當初，他們連參加旅行團都戰戰兢兢。後來，慢慢習慣了，畢竟參加旅行團，個人不需要做任何準備，只要給旅行社付錢就行；而且，很多團員的年紀和社會階層類似，邊觀光邊交新朋友，也是一種樂趣。

看著父親在南美拍的錄影，我發現，團員之間的關係非常親密，他們說笑的樣子，好比是多年來的朋友。這跟我們一代的日本人不一樣。我們是很個人主義的，不喜歡旅行團的集體活動，寧可多花錢都要自己走自己選定的路。當然，我們有會說外語等的客觀優勢。

八月是最多日本人旅行的月份。不僅是我父母，我男朋友的父母親也剛從海外旅行回來。他們的目的地是歐洲，亦是參加旅行團去的。

這幾年，日本有個新詞叫「圓月旅行」，是跟「蜜月」相對而言的。到了晚年的老夫老妻，雙雙去外地旅行，已成了一種潮流。「圓月旅行」本來是旅行社推銷的新概念，因爲老人家有的錢比年輕人多，若能開發這一市場，旅行社就有利可圖。「圓月旅行團」住高級酒店，日程安排得比較輕鬆，都是爲了滿足老人家的要求。

我這次在日本認識的老夫妻，去年是結婚三十五周年，已成年的兩個孩子，作爲紀念，送父母去歐洲旅行了。不過，孩子們沒有好好看旅行社的宣傳資料，無意中把老父母放在「蜜月」的旅行團裡去了。結果，整整十天，他們跟幾對新婚夫妻一起跑來跑去，而且很多節目都是年輕人喜歡的一種，回到日本時累得不得了。「但是，又怎麼敢向孩子們訴苦呢?他們是好心好意的。」老先生哭笑不得地說。

父母進入晚年，身體還健壯，雙雙參加旅行團去海外玩，對孩子來講也是可喜的事情。有些夫妻，到孩子們長大時，彼此的關係完全破裂，要麼很不愉快地過晚年，要麼離婚過孤獨的日子。我一些朋友的父母就這樣子分開了。

相比之下，我算幸運。雖然每次回家都要看父母在海外拍的一大堆照片或好幾個小時的錄影帶，只要他們開心地過著晚年，我就沒有原因埋怨了。

不傳統的日本

雖然在香港穿的還是夏天的衣服，看掛曆卻知道年底快到了，於是我給東京打長途，問媽媽元旦假期的計畫如何。

「元旦？我們要去印尼峇里島，你要一塊去嗎？」

我愣了半天，才想起來了：這幾年我父母已經不過元旦了。陽曆一月一日仍然是節日，可是對他們來說再也不是一年三百六十五天裡面最重要的一天，只是一個放假日而已。

三年前的元旦，他們在香港；兩年前則在新加坡；今年的一月一日，就因爲我堅持要回家「過元旦」，他們才取消了去峇里島的旅行計畫。這次不管怎麼樣，我不可以動搖他們的安排了。

二十年前，這是根本不可想像的事情。元旦本是全家團聚的日子，大家一起去神社拜年，回家後吃年飯，小孩子拿到壓歲錢，接著便是「羽子板」、「福笑」等只有年初幾天可以玩的遊戲。一號晚上也很重要，那一夜做的夢表示新的一年運氣如何。「一富士、二鷹、三茄子」，我姥姥告訴我，意思是：夢見富士山最有福氣，其次是夢見鷹，夢見茄子（我不知道爲什麼）也算不錯。起床以後，大家交換自己的夢，看看誰的運氣最強。然後，二號又是一年第一次練書法的一天，練完了再去拜訪親戚，如果乖乖的，還可以拿到壓歲錢。

總的來說，年初的幾天既重要又特別，好比中國的春節、西方的聖誕節。當時誰也沒去想丟掉這一切去海外度假。

但，時代變了。我覺得有所諷刺，因爲在我家，當初第一個反叛這傳統節日的就是我自己。當年，我還在東京念大學，忽然感到假期太難得，何必要留在家裡過年年歲歲都一樣的元旦呢？於是我訂了張機票，自個飛到上海去，一九八四年的元旦，我是在上海賓館的迪斯可廳迎接的。

當時我父母沒有反對，只有姥姥表示不可理解。之後，我妹妹、弟弟都開始學姊姊的樣板了。每年的元旦，在家裡的人數越來越少。我姥姥去世後，連父母也參加了這股新潮流，說「其實做年飯很麻煩，吃起來也並不好吃，不做也罷了」、「在家裡待客很累，又花錢，倒不如去外地休息」……

我家在日本不算特別，我不少同學也和我一樣參加了日本式的「破四舊」：成年式不要穿傳統和服、傳統節日不要過、傳統婦女角色不要扮演、傳統這個那個一概不要。傳統節日以家庭生活爲基礎。在越來越少的家庭成員合作的情況下，很多老節目沒法辦下去。像我父母，一個一個孩子帶著背包往海外跑了以後，老夫妻倆在家裡準備年飯多麼沒有味道，是容易想像的。

同時，家庭生活也受了來自廣大社會的衝擊。那是八〇年代的泡沫經濟時期。東京、大阪等大城市的土地價格轉眼之間漲了好幾倍。結果，祖先留下來的小小一塊土地，突然成了值幾十萬、甚至幾百萬美金的財產。原來，日本的習慣是長子單獨繼承父母的家產，同時負照顧老人家的責任。可是，眼看哥哥繼承的那塊土地竟值幾百萬美金，也就是說，普通老百姓工作一輩子才可以賺的那麼多錢，很多弟弟妹妹的眼睛不能不紅了。

於是，一個一個家庭爲了怎樣分配父母遺產開始打官司。我父親、母親，都跟親生兄弟姊妹打了官司了。後果呢？現在很少跟親戚有來往了，好幾個表哥表姊堂弟堂妹，我已有很多年沒見面。

可悲的是，我家的情況並不特別。去年底我回東京，大年三十晚上跟兩個老同學在一起。其中只有我自己要趕回家跟父母過元旦，其他人的家庭早就失去了過元旦的習慣。大家的故事個個跟我差不多。

我們小時候過的元旦已經不存在了，傳統的日本屬於歷史了。回憶過去，我不禁有所傷感。早知道這樣，我年輕時應當珍惜跟父母過元旦的機會。現在太遲了，我只好不怎麼願意地去訂到海外度假的飛機票。

二日醉文化

我訂閱日本《週刊文春》，因爲日本目前最紅的幾位作家在該雜誌上連載散文和小說。其中一個是伊集院靜，乃得過直木獎的名作家，他的專欄叫「二日醉主義」，二日醉是宿醉的意思。

每個星期，伊集院靜都寫，過去一周他在哪裡跟誰喝醉酒，醒過來以後感覺如何糟糕等。在最近一期的文章裡，他吐露，身體已經很差了，要去醫院檢查內臟。「二日醉主義」的連載已有好幾年了，看他的文章，好比是看一個人怎樣用酒精毀滅自己的實況報導。

日本向來有一批像伊集院靜那樣的小說家，也就是日文所謂的「破滅型作家」。他們不僅不懂得愛護身體，而且對自己的「破滅型」行爲有引以爲榮的態度。除了喝酒以外，這類作家也一般都酷愛賭博，伊集院靜經常寫，他到日本各地的跑馬場、賽車場，把所有的錢都輸光的過程。難怪，雖說是名作家，他窮得要命。

也許外國人覺得很難理解，但日本人是滿喜歡這類藝術家的，還把他們當作「不可救藥的羅曼蒂克」。這現象應該與日本文化的極端性有關。至少關於喝酒，普通日本人的態度都極端得可以。

記得高中時候，我們都恨不得趕快成大人，爲了證明自己已經不是個小孩子，我們做的第一件事情便是結伴去酒館喝威士忌。中學生當然沒錢，我們喝的是最便宜的一種，味道難喝極了。可是，作爲日本小孩，我們都知道，喝酒的目的並不是欣賞酒的味道；而是盡快入醉鄉。於是，幾個中學生，彼此把廉價國產威士忌倒進大杯，加了水和冰塊以後，大口大口地喝下去。不一會兒，大家都喝醉酒，誰也不知所終了。

高中二年級的夏天，有一個晚上我喝酒喝得太多，沒辦法自己走路回家了。送我回去的三個朋友，都是跟我一樣年紀的男女醉鬼。媽媽看見了之後，自然很吃驚，罵我說：「女孩子家怎麼可以醉成這個樣子！」

可是，到了第二天，她不是非常生氣的，媽媽只告訴我說：「女孩子嘛！比男孩子更應該懂自己的酒量，免得出醜。」接著，她又說：「最要小心的是雞尾酒，味道很甜容易喝，不過，酒精含量往往是很多的。如果有男人叫你喝甜酒，你一定要小心，說不定他有壞主意。知道了沒有？」

顯然，她畢竟是日本媽媽，非常明白：孩子長大之後酒是一定要喝的。所以，雖然我當時才十六歲，她並沒有批評我喝酒。反之，當她有一次發現我和一個男同學一起曠課去海邊玩的時候，生氣得一個星期都不肯跟我說話。

回想大學時代，大部分記憶還是圍繞著喝酒。大學生可以做臨時工賺零用錢，我們喝的酒，種類多了一些。啤酒、日本酒也喝了不少，但最經常喝的仍然是威士忌加水加冰塊。有好幾次，我喝多了之後嘔吐、昏倒。睜開眼睛就看到大樓屋頂的霓虹燈，果然躺在馬路上睡著了。媽媽早年的忠告沒起作用，我不知出過多少次洋相。還好，她最擔心的情況倒沒有發生過一次。恐怕，跟我一起喝酒的那些男生，自己都完全進入醉鄉，連打壞主意的頭腦都給酒淹沒了。

就這樣，我幾乎天天喝酒喝到我離開日本。尤其是開始做事以後，工作的壓力很大，下班回家之前一定要把自己弄得醉醺醺的。

大白天看日本人，都是規規矩矩的樣子，到了晚上，大家變成醉貓子。從一個極端到另一個極端，很多外國人搖頭表示不理解。其實，這樣做才能保持一種平衡的。從小練習喝酒，有爲以後的工作生涯做準備的作用。

唯一可惜的是，我年輕時候沒有機會品嘗酒的味道，特別是威士忌，我長期以爲是很難喝的東西。後來去了加拿大，有一次在洋朋友家裡，邊聊天邊純飲威士忌，我方發現原來味道滿不錯。理應好酒是根本不用、也不應該加水加冰塊的。

最近幾年，日本社會的風氣跟以前有所不一樣了。越來越多人，尤其是年輕人，開始重視酒的味道。受了葡萄酒流行的影響，各種日本酒不同的味道都重新被認識。這樣一來，光追求醉意的飲酒文化，逐漸成爲過去的事情。

可是，作家是另外一回事。他們如今身體力行保護日本的二日醉文化。讀者看他們的眼光，除了好奇和同情之外，也帶有一點懷舊的色彩。

愛吃肉的人

小時候在東京，我以為牛排是全世界最高級、最好吃的食品，那應該是周圍的大人告訴我的。整個童年時代，我沒吃過一次牛排，甚至沒吃過任何牛肉。

媽媽從肉店買來的肉平常只有一種，是豬肉，而且通常是肉片或肉碎，我們很少有機會看到大塊肉。偶爾在晚餐桌上發現炸豬排，我們興奮得要命，因為我們在現實裡吃得到的最高級、最好吃的肉就是炸豬排。

當時，我實際上夢想的不是牛排，而是烤雞。到了聖誕節，媽媽給我們買一人一隻烤雞腿。後來日本慢慢發達了，我們家也有了一點錢，終於在桌上看到連頭帶尾的一整隻雞的時候，已經是一九七〇年代了，我也上中學了。

有了雞肉，但還沒有牛肉。東京人本來不大吃牛肉，跟愛吃牛肉的關西人不一樣。我們說肉，指的一般是「豬肉」。講到牛肉，一定說「牛肉」，表示它不屬於家常便飯，而是一種特殊的食品，是高級的食品。在肉店，我小時候也看到過牛肉，但價錢比豬肉貴好幾倍。站在店前看到買牛肉的人，我知道那是有錢的人家，尤其當他們買

Sukiyaki 用的高級牛肉的時候。

長大了以後出國，碰到外國朋友以爲 Sukiyaki 和 Shabushabu 是典型的日本菜，我總是不以爲然。這些菜開始進入我們家是八〇年代，是我讀大學的時候。當時在市場上已經有了美國、澳洲進口的牛肉，價錢比以往便宜得多了。那之前，不僅在我家，而且在同學們家裡，吃的主要是大米、蔬菜、魚、豆腐，再加上一點豬肉和雞肉。

一九八七年移民到加拿大，我很高興小時候的超級夢想終於變成現實。每周吃一次牛排，在經濟上的負擔並不很大。然而，我沒想到，長期以牛肉和土豆爲主的北美膳食，已經慢慢開始往「健康」的方向轉變了。有一點文化的人都敵視卡路里和膽固醇，而兩者均高的牛排自然成爲衆矢之的。

當加拿大朋友跟我說「日本菜很好，很健康，肉很少」的時候，我實在哭笑不得。他不知道我從小在日本多麼嚮往牛排，有些洋朋友甚至專門爲我準備魚、雞肉、豆腐等東西，因爲他們知道「日本人很少吃紅肉（red meat）」。

後來在多倫多的六年半，我也逐漸受了環境的影響，慢慢開始以爲肉吃得越少越好，尤其是大塊的牛排。不過，每次碰到激進的「素食者」（vegetarian），我總是心情複雜。他們不是任何宗教的信徒，而是出於環保、愛護動物等意識型態，不僅自己不吃肉，而且反對別人吃肉。有一次在朋友家裡搞燒烤，大家吃的是漢堡包，卻有一個年輕女孩特地買來了用豆腐做的「素漢堡」，表示自己重視健康，也對環境友好。我覺得她這麼做很掃興，本來吃肉是口福，她這樣一來使吃肉的人感到內疚。

在我家鄉，日本人對大塊肉的狂熱沒有維持多久。也許，牛排原來的崇高地位只是它價錢貴的緣故。一旦開始大衆化，大家馬上發現，牛排實際上並不是全世界最好吃的食品。若要花一樣多的錢，倒不如去法國、義大利餐廳享受各種烹調，或者乾脆吃好一點的刺身、壽司。

近年不管是洋朋友還是日本朋友，我很少碰到愛吃肉的人。一講到肉，大家就說：「我不大喜歡吃肉。雖然有時也吃，但吃得不多，而且以白肉為主。」一方面這大概是事實，另一方面卻是辯白。他們知道吃肉再也不時髦，甚至有「政治上不正確」的嫌疑，說不定會挨批。

在二十世紀末的世界，抽煙早就成了「可恥」的行爲。跟年輕朋友們說：「我念中學的時候，抽煙是很『酷』的。」他們認爲我很落後，或者乾脆不相信我。社會對酒徒也越來越不接受了。如今被人問「你喝不喝酒？」最好的回答是：「我是『社交性飲酒者』（a social drinker）。」免得讓人以爲是可惡的酒鬼。

翻一翻北美報章的徵友廣告，很容易發現，對一大批單身人士來說，「不抽煙」、「不過分喝酒」是交朋友時候的前提條件。也有越來越多廣告表明本人是「素食者」，實際上拒絕愛吃肉的「野蠻人」。

然而我仍不能忘記小時候對肉的慾望，還想偶爾享受嚼一嚼大塊牛肉的口福。聽著朋友們說「我不大愛吃肉」，雖然知道他們是對的，是政治上正確的，但會感到小小的失望。

最近新認識的一個朋友，在一封信裡告訴我，他「很愛吃肉，牛排、烤肉、火腿、煙肉都喜歡」。他問我願不願意跟他一起邊喝紅酒邊吃各種肉？

我覺得這種邀請很新鮮，心裡一下子很興奮。當大家都變成「素食者」的時候，竟有人敢承認「愛吃肉」！也許是禁果總是更加甜的道理吧！我甚至覺得他的措詞帶有性感。「好吧！我們一塊兒吃很多肉。」我回答著，心想，這回說不定終於能吃到全世界最好吃的東西了。

妖豔的櫻花

今年，東京的櫻花開得比常年早。三月的最後一個周日，我有事去了東中野。在火車站對面，沿著火車軌道，種著好多棵櫻樹，花兒正在盛開。

那時傍晚六點多鐘，天已昏黑，在黑色的背景上，櫻花顯得特別白。沿路上，很多粉紅色的燈籠照著櫻花，是當地商店會掛的，每一個燈籠都寫著「××電器店」、「××麵包店」等等。

既有櫻花又有燈籠，場面跟廟會一般熱鬧，雖然沒有擺攤子的小販，也幾乎看不到行人。我辦完了事，本來要坐火車走，可是，一看到那麼豔麗的夜景，馬上改變主意，開始在櫻花下邊散步。

「太美了，」陪我的朋友說，「但願這條櫻花道路不是通往黃泉的。」

「不用怕！」我笑著說，不過，我明白他的感覺。盛開的櫻花美麗到恐怖的地步，加上，我們都知道櫻花的生命很短暫，容易聯想到死亡。

其實，在詩人眼裡，櫻花是日本最大的奇蹟。一到春天，日本全國的每條街上忽然都有櫻樹，而且同時開始含苞待放。是否有妖精擔任著聯絡業務？

我們沿著火車軌道走了一段路，之後向北轉，往一個叫新井藥師的佛教寺廟。這廟的院子比較大，有不少櫻樹，我估計今晚會有一些人爲了「花見」而來。

還沒到新井藥師，從遠處已經傳來嘈雜的人聲。果然，一走進去就是人山人海，在每一棵櫻樹下都有一批人攤草席坐了下來，吃飯、喝酒、唱卡拉ＯＫ，大宴會正在進行中。

這就是「花見」。每年到櫻花盛開的時候，日本人一定要在櫻樹下吃喝一頓。上野公園、千鳥淵等以櫻花聞名的地方，吸引幾十萬「花見客」，連小小的新井藥師，這晚也有上千人。

一般來說，「花見」是跟同事一起做的，恐怕是經過工業化、都市化以後在城市居民的生活中，公司代替了傳統農村社區的緣故。這晚因爲是星期天，大夥跟家人、親戚、鄰居、朋友出來，氣氛更加融洽。

「花見」雖然聽起來很文雅，實際上是很土的活動。在席子上盤腿而坐，邊吃便當邊喝酒，經常有人喝多了酒就開始打架，或者在櫻樹下蹲下來嘔吐，走之前又不清潔，到了第二天早晨到處都是垃圾。於是，每年春天，都有報紙社論教訓國人說，不要在「花見」中從事非理性活動等等。

在我看來，「花見」之所以有趣，是因爲它很土，很非理性。普通日本人認爲「花見」是跟「忘年會」一樣世俗的活動，實際上，它的宗教色彩特別濃厚。現代日本人平時不在戶外吃喝，唯一的例外就是「花見」（沖繩人過清明節時，在墓地吃飯。不過，沖繩有獨特而與日本不同的文化傳統）。

今天，日本人的生活已經現代化，甚至後現代化了，很多風俗習慣在一九七〇年代以後消失。原來，元旦在日本是最重要的節日，正如中國的春節、西方的聖誕節。如今，很多日本人一到年底就飛往國外度假。這樣子，大掃除、年飯、壓歲錢、拜年等習慣，迅速地被人忘記了。其他傳統節日的遭遇都差不多，受重視的程度不如聖誕節、情人節。

只有「花見」至今很盛行。我估計，這是因爲「花見」是很原始的活動，刺激人們的下意識。在盛開的花兒之下，衆人一起吃喝唱跳，彷彿像原始人的狂歡。現代日本人平時距離自然很遠，只在「花見」的時候，他們能接近自然。初春盛開的櫻花，在日本文化裡象徵生與死。在櫻樹下的狂歡，令人擁有天人合一的感覺，最能起「淨化」的作用。

對日本人來說，櫻花也是很妖豔的花兒。生、死、狂歡、合一、淨化等等，櫻花所包羅的象徵符號和性高潮重疊的部分實在不小。

東京老吧女

有一晚，朋友帶我去東京銀座喝酒。

朋友是日本作家，要給我介紹一兩家所謂的「文壇酒吧」。第一家叫「LUPIN」，名字取自法國推理小說的主人公。

「戰爭剛結束後的一九四、五〇年代，太宰治等著名作家常來這裡喝酒。」朋友邊下樓梯邊講。「LUPIN」是在地下室的。

裡面的照明不很亮，我的眼睛需要幾秒鐘才適應過來。整個地方像隧道：有一條很長的吧台，幾個吊燈都吊得很低。七、八成的位子有客人坐著喝酒，多數是穿著西裝的中年上班族。在吧台後面站著五、六個人，中間的一個是繫蝴蝶結的老頭子，其他是……

我差一點沒有喊出聲來。那幾個女人的年紀都很大，最小的也有五十幾，其他人有六十多、七十多。

「你們要喝什麼？」一個吧女問我們。在她臉上有很多很深的皺紋，化了濃妝都無法掩飾，再說，她的灰色頭髮已經掉了很多，其他吧女的樣子也差不多。整個場面簡直像恐怖電影。

「爲什麼這裡有很多老太太當吧女？」我小聲地問了朋友。

「因爲是老店的緣故吧！她們好像是一家人。這家酒吧剛開的時候，才十幾、二十歲。半世紀過去了，她們自然也成了老太太。」

作家們常來「LUPIN」的時代早就過去了，現在的客人，只有少數屬於文藝界。那晚，幾乎所有的客人都比吧女們年輕。

「他們怎麼喜歡看著老太太的臉喝酒呢？」我想不通地問。

「大概是懷舊心態所致的吧！」朋友漫不經心地說。

「LUPIN」的氣氛確實有點像台北的懷舊酒吧，不過，還是有區別。「LUPIN」不是仿古的，而是眞正老的，不僅是店鋪，連吧女都是眞正老的。

從那兒，我們去了另一家文壇酒吧，叫「Sans-souci」。「這一家是谷崎潤一郎曾經常光顧的。」朋友說，谷崎去世已有三十多年。可見這一家也是很老的。

打開門，氣氛跟「LUPIN」很不同，看來是最近剛裝修過的，燈光也很亮，給人的感覺很乾淨，雖然整體設計仍保留著本世紀初藝術裝飾派的風格。在正方形的店裡，有三個人工作著：一對年輕男女和六十多歲的老太太。

「銀座的酒吧怎麼都有老太太？」我又一次小聲地問了朋友。「我在很多國家都去過酒吧，但從來沒看過老太太當吧女的。」

「眞的？」這回朋友顯得很吃驚，想了一會兒，然後說：「在日本，高級一點的酒吧都有老太太，我一向認爲是天經地義的事，只是像『LUPIN』那樣，老太太集中的酒吧就比較少見而已。」

於是我們開始討論日本男人爲什麼喜歡在酒吧裡有老太太。初步的假設是，如果只有年輕女郎的話，容易令人懷疑是色情場所，正經人士不敢光顧。不過，有些客人好像眞的喜歡邊喝酒邊跟老太太聊天，他們甚至笑盈盈地向老吧女撒嬌。

「是不是戀母情結所致的？」我特別小聲地問朋友。

「也許是，」朋友用眼光回答。

後來，我有幾次機會在東京不同的地區光顧酒吧。除非是爲學生服務的廉價居酒屋，很多地方確實有中年以上的女人工作。

最近的一次，我到郊外賞梅花，順便進了當地一家日式酒館。老闆娘穿著和服，舉止很優雅。她說，有位常客在追她，令人討厭。

老闆娘的年紀？今年八十歲。

如今的日本女孩

「如今的日本女孩到底是怎麼搞的？」N先生嘆息。他是三十多歲的日本人，已經好幾年在香港以及南洋各地當「流動攝影師」，應該算是見過世面的人了。可是，他說他不懂「如今的日本女孩」。

最近一個晚上，N先生打來電話，告訴我他近日的親身經歷。「你知道我前一陣子跟美國女朋友分手了吧。我還在等她，但她大概不回來了。女朋友一走，好多日本女孩就開始找我了。她們都是二十五、六歲，既有學歷又懂外語，在中環的大機構工作。現在眞有不少那種日本女孩在香港。」沒錯，聽說已經有兩千人了。

「因爲我的年紀比她們大一些，當初我還以爲她們把我當哥哥，要找我聊聊而已。誰想到，她們要的是一夜情。也許我落後於時代了，就是想不通那種看起來正經的女孩如此隨便上床。」

既然上了床，N先生不也是同意的嗎？

「那可不。問題是我本來沒有思想準備，後來也不大懂她們的遊戲規則。你想一想，比如說我認識三個日本女孩子，她們分別在不同的時候打電話來找我，一見面就主動地要上床，做完了那件事，第二天對我還是跟普通朋友一樣，既不恨又不愛。你說，她們會不會在背後議論我？」

奇怪，這種擔心以前可算是女孩子的專利。

「對啊！說起來實在奇怪，好像男女的角色換了似的。以前，跟一個女孩子睡覺是多麼麻煩的事呀！首先約她出來喝咖啡，看電影，吃晚飯，喝酒。然後慢慢發展感情，從手拉手到擁抱，接吻，最快也要花幾個星期、幾個月了。雖然麻煩，但那種程序其實很有味道。因爲在男女之間，最有趣的還是談戀愛那個階段吧！先要等待，所以終於帶她上床時候的成就感才那麼大。而且，到了那個地步，彼此之間已經有相當深刻的了解，相當濃厚的感情。第一次做完了愛，互相擁抱著，那種感覺太甜蜜了。」

可見，這位攝影師是不可救藥的羅曼蒂克。

「現在，普通的好朋友都可以上床，結果，做愛變成了跟打球一樣簡單的身體活動。年輕女孩主動要和我上床，聽起來很風流，但實際上根本沒有誘惑可談了，更談不上戀愛。過了兩個星期再相見，一起吃午飯，好像什麼都沒有發生一樣。那些女孩很開放，而且很獨立，不想要男朋友。或者說不定在什麼地方已經有男朋友，只是把我當作一夜的玩物而已。」

聽N先生描述他所遇到的「日本女孩」，我的感覺很陌生，好像她們是外星人似的。我畢竟不是「如今的日本女孩」，而是跟N先生一樣，屬於十多年前的「八〇年代現代派」。

「你記得吧！以前我們上大學的時候，如果一對男女在感情沒有成熟之前上床，男的可能沾沾自喜，女的大概會感到內疚了。她恐怕哭著向一個朋友告白，然後女生聯盟要找男的算帳。如今那種劇本已經沒有市場了。你看，幾個年輕女孩勾引我，按道理我應該感到自豪。但實際上，說起來都不好意思，我有點覺得她們玩弄我。」

這位N先生個子特高，而且是攝影師，有足夠的條件吸引女孩子，但說不上是個俊男，更絕不是個富翁。對「如今的日本女孩」來說，我估計比較重要的是他爲單身男人的身分，因爲她們最怕麻煩。

我想不通的是，如果N先生碰到的幾個女孩有一定程度的代表性，那麼「如今的日本小夥子」又是怎麼一回事？他們是不是很被動，只怕被女孩子「玩弄」？

「我當然不了解如今的小夥子，」N先生笑著說，「如果你要了解，只好自己去試一試了。」但是，姑且不談年齡的差距，我也不會對毛丫頭似的小夥子感興趣。難道在已經進入了後現代的日本，我們是最後一代的羅曼蒂克？

人體展覽會

每次回日本，我盡量抽時間去溫泉泡一泡。我特別喜歡洗澡，這大概是我身體裡的日本基因所導致的吧。這次回國，我事先約好了妹妹和朋友，星期天一塊兒去東京郊外的青梅溫泉。可是，實在很倒楣，我那天突然發高燒，沒去成。我還是不死心，第二天燒稍微退了之後，先去醫院打支針，然後赴位於荻窪火車站附近的「浴托邦」，那是一家綜合性洗澡中心。

「浴托邦」的設備跟其他地方的桑拿相似：有蒸氣室、烤箱、超音波浴池等等。不同的是這裡有四種大浴池：有熱水池、冷水池、藥水池和用扁柏木做的高級浴池。扁柏是一種香木，用它來做澡盆，對日本人來說是標準的奢侈。

日本人相信，泡在熱水裡是使身體放鬆的最佳方法。所以，在「浴托邦」，人們花大部分時間在浴池裡。相比之下，蒸氣室和烤箱的利用率不怎麼高。你也許覺得奇怪，日本人家裡都有浴盆，爲什麼想要花錢來這裡泡一泡？因爲，浴盆越大越好，而且公共澡堂的氣氛在家裡是不可能有的。

日本人「混浴」的習慣聞名於世。「混浴」是男女一起洗澡的意思。如今還有些溫泉旅館設有「混浴」澡堂，我也去過幾次。西方人一般認爲那是野蠻的習俗，其實正相反。脫光了衣服的男性女性一塊兒泡在水裡，當然看得見肉體。可是，「混浴」是一種公共活動，是一種超越個人興趣的社交活動。所以大家都懂得默契，對別人的裸體要保持「視而不見」的態度。有些外國人不了解「混浴」所需要的高度精神控制力，卻以爲找到了人間伊甸園，結果全身都「高興起來」，令日本人無限尷尬。

雖然日本的大部分溫泉、公共澡堂都男女分開，但哪怕在男女分開的場合，大家都沿用對別人的裸體「視而不見」的原則。我跟妹妹、朋友等熟人一起洗澡，從來不仔細看她們的身體。這次去「浴托邦」，我是一個人，只要視線不過分露骨，是觀察別人的好機會。

「浴托邦」的顧客是日本女性的縮影，有十幾二十來歲的年輕姑娘，也有六、七十多歲的老太太。看看她們的身體，我有兩種相當深刻的印象。首先，哪怕是很年輕的姑娘，基本上看不到像模特兒般完美的身體。穿起衣服來好看的人，她們的裸體反而顯得太瘦，沒有女性的曲線。其他人的身體則都嫌有點太胖。看來，「正好」的平衡點是很難達到的。其次，光看她們的身體，很難知道每個人的年齡。二十幾和四十幾，三十幾和四十幾，日本女人的皮膚和身體，區別實在不很大。相比之下，最清楚地表示年齡的部位是她們的臉孔。

我想起來了，兩年前我在匈牙利首都布達佩斯去過的一些溫泉。匈牙利人跟日本人一樣偏愛洗澡。在那裡，十七、八歲小姐們的裸體美得幾乎發光。有胖的、有瘦的，但每一個都跟泰西名畫一樣漂亮。然而，她們一到結婚生孩子的年齡，身體衰老的程度簡直就是直線下降。

也可以說，日本人的身體保存得比匈牙利人好得多。這到底是不是東方人和西方人的區別呢？關於西方人，我現在沒有條件做進一步的調查；至於東方人，我正好有機會了，因爲從日本回香港的歸途上，我在台北停留了幾天。

我的實驗場是台北某一家「仕女休閒中心」。台灣人畢竟沒有日本人或匈牙利人大方，那裡的很多顧客在澡堂裡也用毛巾遮蓋著身體。泡在熱水池裡，我還是觀察到了不少台灣女性的裸體。結果呢？台灣人的身材沒有日本人那麼標準化。有個別的人身材相當好。但也有不少中年婦女身體變形得不成樣子，我不知道這是否跟她們的生活方式或伙食有關。

總的來說，我有所明白爲什麼畫家喜歡畫人體。雖然大家擁有的器官都一樣，但每個人的身體有不同的表情、有不同的氣氛、有不同的故事。在澡堂裡，每個人好比是一部小說。我估計，日本人在「視而不見」的表面下，其實最欣賞的也許是這一點。

立體卡通少女

變形應是早就開始而慢慢進行的。不過，她們終於大量出現是一九九〇年代中期的事情。如今在東京，無論下午坐地鐵還是晚上逛街，都一定能看到她們。

她們是私立高中的女學生，穿著西裝上衣配裙子的學校制服，裙子一般是花格兒的，而且特別短，保證比百貨公司賣的任何迷你裙還要短。在兩條腿上，無例外地穿上既長又鬆的白色棉襪，完全掩蓋小腿和腳脖子的曲線。一定很直的頭髮是棕色的，也就是日本人所說的「茶髮」，不知是染的還是脫色的。臉上的口紅胭脂都塗得非常專業，自然也少不了耳環首飾。

日本傳媒把她們叫做「KO（子）GAL」，是在二十世紀末的東瀛最受注目的一代人。有大量雜誌文章討論她們的生活方式，尤其是性生活。據說，不少「子GAL」從事援助交際，即賣淫，爲的是購買名牌手袋化妝品等。今天的日本中學生個個都有傳呼機和手提電話，進行業餘活動方便得很。

最有趣的還是她們的外表，活像卡通人物。

眾所周知，自從一九七〇年代，日本出現了很多以「性感少女」爲主角的漫畫、卡通片。本來是給小朋友看的東西，卻投射而迎合了大人的慾望。也許跟女性主義的進展有關，越來越多日本男人害怕大女人，反而覺得女兒童才安全可愛。跟少女發生性關係是犯罪，但在雜誌上或屏幕上欣賞她們倒是合法活動。日本的社會文化亦似乎故意把正常和異常之間的界線弄模糊。結果，旣天眞又性感的少女形象，在日本頗爲普遍。

至少有十五歲的女高中生實際上已經超過了女兒童的年齡階段。她們在生理和心理兩方面都很早熟，如果不穿制服，看起來跟大學生沒什麼分別。以前的中學生恨不得快點做大人，一放學就要脫下制服。「子GAL」們則不同，下課以後、甚至周末，她們都主動穿著制服，對外強調作爲少女的寶貴身分。

我在前邊描述過她們很特殊的打扮，是非常自我矛盾的：一方面炫耀大腿，同時掩蓋小腿；一方面愛穿制服，同時愛化濃妝；一方面留直髮，但是把它染成棕色。不過，一旦換個角度，把她們當作卡通人物看，就很容易理解了。她們是在模仿漫畫裡的「性感少女」的。

在日本，有不少人熱中於打扮成卡通人物，這種活動叫做「KOSU-PURE」，即日式英文「COSTUME PLAY（裝束遊戲）」的短稱。他們喜歡卡通片到想變成片中人物的地步。堂堂大人穿著卡通人物的服裝去參加「KOSU-PURE」大會，由外人看來滿奇怪，只是日本社會接受各種奇特偏激的行爲，大家早就司空見慣而已。

在這樣的環境裡，一代女高中生以「性感少女」的形象出現，也許沒什麼奇怪。她們從小看卡通片，玩電腦遊戲長大，自然把「性感少女」當作偶像。

具有諷刺意味的是，「性感少女」本來是大人想像力的產物，只在卡通片裡活動，所以她才很安全，不會威脅脆弱的男性自我。如今「性感少女」變成現實了，她們把早熟的肉體包裝在可愛的學校制服裡。爲了顯得像卡通美少女，化濃妝、染頭髮，連表情都是仔細研究過的；爲了顯得像卡通美少女，她們離自然的「少女狀態」越走越遠。

太太的樂土

在日本，我所住的國立市位於東京的西郊。著名的一橋大學就在國立，附近還有好幾所學校。這樣的一個地區，被東京都政府指定為「文教地區」，不允許開色情場所、賭場之類，也不讓亂貼廣告等等。歌星山口百惠引退之後，由市中心搬來這裡養孩子，大概是看上了優良環境的緣故。

因為是「文教地區」，國立有好書店（包括英文書店），學生教授聚集的咖啡廳、賣雞尾酒的西式酒吧（沒有女人陪飲）。國際食品也很豐富；光是中國菜，就有廣東館、四川館、北方館、素菜館，連台灣式的懷舊飯館都有。至於法國、義大利等西餐館，更是多得數不清。我說國立市的總人口才七、八萬而已，你能看出她的成績多麼突出吧！

國立真是個好地方，但是因為離市中心較遠，住在其他地區的東京人沒有事就不會想到來國立，甚至根本沒來過都說不定——除了「一種人」以外。

我第一次注意到那「一種人」，是今年三月底剛搬到國立後不久。有一天下午，我沿著國立的主要街道「大學通」溜達溜達，在滿街都是的櫻花下面，看到一批又一批的中年婦女。她們在草坪上跪坐了下來，邊吃邊喝邊聊天，顯而易見，「花見」在進行中。

那是一個工作日。在陽光燦爛的下午，上班族還繫著領帶在辦公室裡忙來忙去，小朋友們還穿著校服在學校裡上課，唯有家庭主婦才有工夫出來欣賞美麗的櫻花。

我猜想，家庭主婦的工作時間跟別人是很不一樣的。當先生、孩子們忙的時候，她們能夠休息；家人晚上回家，她們反而忙起來。所以，白天出來玩一玩，不等於說她們整天都閒著沒事幹。不過，一群又一群的婦女在戶外跟朋友們喝著啤酒、葡萄酒，談笑風生的場面，距離一般外國人對日本太太的印象，至少有一萬八千里。

後來，我才慢慢明白，因爲國立是乾淨可愛的小城，頗受中產階級太太們歡迎。從首都各地，每天都有不少人結伴而來國立玩。

她們的自由活動時間限於工作日的白天。從星期一到星期五的任何一天，中午在國立火車站附近走進高級一點的西餐廳，顧客十之八九是家庭主婦。她們花兩個小時吃一千五百塊日圓的套餐，再加上一杯白葡萄酒，開支總共兩千塊左右。

有好幾次，我想到中午吃好一點的，因而走進那些餐廳，但是，夥計每次都告訴我說：「對不起，位子已訂滿了。」一往裡頭看，果然客人全是打扮化妝好的家庭主婦。可見，她們的活動是很有計畫性的。

今天的日本，政治經濟體制的「重結構」在進行中，維持多年的終身雇用制快要被廢除了。中年的企業戰士們個個都擔心也許工作保不住了，精神壓力非常大。他們中午在外頭吃的，大概是一碗五、六百塊錢的麵條什麼的。

相比之下，太太們的心情和午餐質量，就好得多了。她們相信賺錢是男人的責任，自己的任務則是料理家務和教育孩子，剩餘的時間如何花掉屬於個人自由。以前，社會環境把她們關在家裡，現在，核心家庭沒有婆婆監視，都市生活沒有來自街坊的壓力，太太們把日子過得自由自在。

因此，我覺得，今天的日本是太太一族的樂土。聽說，除了國立以外，東京附近還有幾個地方，包括古都鎌倉，天天吸引很多家庭主婦。

不過，大情勢卻在迅速變化中。日本的年輕一代，早已以雙職工家庭爲主。在經濟不景氣時期，爲了保持生活水平，婚後太太不能辭職生育孩子。在多數雙職工家庭，錢包是分開的。這樣一來，今後的日本太太就無法享受「花丈夫的錢」這一樂趣了。眞不知，時代是在進步的，還是在退步的。

幸福的機會

一見鍾情

一見鍾情這回事，世上確實有。

你可以相信我，因爲我有親身經驗。我最沒有期待的時候，他在我眼前出現了，那是今年我生日的前兩個晚上。

事情是這樣子的。過去兩三年，我在男人方面實在沒有運氣，平時約我吃飯喝酒的男人是一直有的，不過，感情發展得都不怎麼順利，到了生日，沒有一個人在我身邊。尤其是去年，我搬來香港以後的第一個生日，我自己在家裡過得毫無趣味。

因此，今年的生日，我事先安排好，前一天就飛往新加坡，跟老朋友敍舊。雖然兩個女人在一起，不可能有浪漫的生日，說好說歹，比一個人在家裡過強得多。

未料，今年倒有幾個朋友們主動地跟我說：「吃頓飯吧！」他們是三個女孩子和一個攝影師。不過，爲了去新加坡一個星期，我的時間相當緊，只好都擠在一個晚上。

那就是我生日的前兩個晚上，我先在軒尼詩道的希臘餐廳跟三個女朋友吃晚飯，接著，大約九點鐘，大家同去銅鑼灣三越後面的日本料理店。

按照原來的計畫，在那裡等的，應該是攝影師一個人。然而，我臨時接到東京的編輯來電說，有個作家當天到香港來採訪。我不認識這個作家，只聽說過他的名字，而攝影師跟他卻有過一面之交。就這樣，攝影師、作家，和我們四個女孩子，要在日本料理店碰面了。

對來自東京的同行，我幾乎一無所知。據說，年紀跟我們差不多，是常跑東南亞各地的。我希望大家會談得來，如此而已。

打開日本料理店的門，我帶頭走進去，因爲那個攝影師是我的朋友。這家餐館是分兩個部分的，我每次跟攝影師來，都坐在裡邊的一部分，於是，我直接往裡頭走，還沒看見攝影師之前，已經看見他了。

說起來也奇怪，我眼睛不好，往往連老朋友都認不出，可是，那晚，在七、八米之遠，我竟認出了一個陌生人了。

那種感覺，應該怎樣描寫才行呢？好比是看不見的聚光照明對準著他似的。惹我注意的，不是他的臉，而是整個人。他的姿勢、他的笑容、他的態度讓我感到：這樣的一個人，充滿魅力的異性，爲什麼在這裡、這個時候出現？

我的第一個反應是驚訝。

我們坐下來開始聊天，我的位置是攝影師的旁邊，在他的斜對面。這之前，我從來沒有過一見鍾情的經驗，不知道該如何對付自己的感情。在衆多朋友面前，我得裝作一切都很正常，然而，我就是沒辦法看著他的臉說話，太緊張了。

儘管如此，大家談得很開心。兩個女孩子第二天很早就要上班，先走了。到了兩點鐘，餐館關門的時候，只剩下兩男兩女。

沒有好好兒地跟他說話，我心裡稍微後悔。走出門口，我忽然聽到他說：「今晚太愉快了，咱們繼續喝酒聊天，好不好？」當然，他是跟大家說的，不過，我還是高興得差一點沒哭出來。

凌晨兩點鐘，沒有多少好去處。當時我住在北角，離銅鑼灣不遠，因此我們決定，先在便利店買酒，之後坐的士去我家。

在自己的地方，我比剛才放鬆得多了，這回我偶爾能夠看著他的眼睛說兩句話。強烈的第一印象沒有衰退；反之，我越來越覺得他就是我的夢中情人。

篇幅不多了，之後的事情，也許以後還有機會繼續講。今天我只告訴你：不到三個月，他送給了我訂婚戒指。

單身廚房

記得村上春樹有篇散文，好像叫〈吃意粉的一年〉。那年，他天天在家裡煮意粉吃，調料是每天換的，有時候加番茄醬，有時候加魚子醬，有時候只加黃油吃。不過，無論怎樣換調料，主要吃的永遠是意粉，一年如一日。

想一想天天吃意粉的一年，那大概是他單身生活的一年。身邊不僅沒有親人情人，恐怕也沒有密切的朋友。單獨生活在大城市，所謂「異化」由理論變成現實。自己出去在外面的飯館吃東西都嫌麻煩，倒不如在機械化的超級市場買袋裝的意粉和瓶裝罐裝的各種調料，默默地站在寂靜的廚房裡，默默地燒水煮意粉，習慣了以後並不覺得孤獨……

最近，我連續吃了三個晚上的意粉。不過，只有一種醬，是從百佳超市買來的，瓶裝的肉醬。我得承認，就大城市單身生活的醒悟程度而言，我絕對比不上當年的村上春樹。他把被動的處境昇華成主動的修鍊機會。像和尚一般，天天吃同樣食品的同時，從中取得挑戰自己的快樂。

而我呢？吃完第三頓的意粉，馬上宣布投降，翌晚則改吃了冷凍的「灣仔碼頭北京水餃」。

上個星期，我的伙食還是滿豐富多采的。早晨去飲茶，中午去印度、泰國、義大利餐廳，晚上在家裡親手做各種日本菜。怎麼突然間如此墮落？

因為男朋友回東京去了……

我有些單身的女性朋友，生活能力很強，可以說是眞正的女強人。無論有沒有男朋友在身邊，天天在家裡做飯吃得好好兒的。她們很尊重生活的質量。燒飯主要是為了自己。房子打掃得乾淨，養花養貓，都主要是為了自己。她們看我墮落的生活，便皺著眉說：「像你這種懶蟲，根本沒資格自稱女性主義者。」

說我是懶蟲吧，並不完全準確。男朋友回東京以後，我還是天天洗澡、洗臉、刷牙。我也每天早晨化一點妝，弄一弄頭髮。雖然花瓶裡的花兒早就謝了，房子是夠乾淨的，穿的衣服也沒有皺紋。

只是，一個人在家裡，我完全沒有胃口。

胃口跟食慾有點不同。連沒資格自稱女性主義者的單身女人也有食慾，每天要吃一兩頓飯。可是，找來找去，就是找不到吃東西的興趣。一個人去餐廳？沒意思。一個人去買菜？沒意思。一個人做飯？只有煮意粉或冷凍餃子的力氣。

我本來是個很喜歡吃、也很喜歡做菜的人。雖說烹調技術不怎麼高，還是愛做日本、中國、西方的各種菜。有人跟我一起吃晚飯，我是很願意下廚房的。不知怎地，當我一個人在家裡的時候，日本、中國、西方的美味，蛻變成冷麵、杯麵、意粉。

我有一些女性朋友，也是女強人。不過，跟上述的一類人不一樣，不很重視日常生活。她們多數長期一個人過日子，有些人早就不自己做飯吃了。

「外面有的是餐廳，自己動手燒飯幹什麼？我的時間是很寶貴的。」也有些人，偶爾會煮點麵條什麼的，可是，她們拿著筷子直接從鍋裡吃，並不覺得有任何不妥當之處。聽我講「一個人吃飯沒意思」，她們搖頭表示不理解，最後還是說：「像你這種依賴性強的人，根本沒資格自稱女性主義者。」

說我依賴性強吧，又不完全準確。在生活、工作等各方面，我是個很獨立的人。唯一的問題是，我一個人在家裡，伙食水平無限下降。

吃了三個晚上的意粉和一個晚上的「灣仔碼頭北京水餃」之後，我連燒鍋水的力氣都沒有了，說不定是營養不足所導致的。我打開冰箱，拿出奶酪、餅乾之類，再倒了一杯白葡萄酒。除了這些，冰箱裡沒有別的食品，顯得空盪盪。當我男朋友在的時候，這個冰箱是塞得滿滿的。我後悔過當初在電器店買了最小的冰箱。現在看起來，它卻太大了。

喝著白葡萄酒，我掛東京長途。那邊的單身漢說：「回來以後一直沒胃口。除了燒水煮咖啡以外，我還沒進過廚房。」於是，我們想，即使光光從營養學的角度去考慮，不如早一點結束單身生活。

愛情的排練

以前的人，一輩子只能有一個長期的男女關係。二十多歲結婚，過幾年生小孩，到孩子差不多長大時，做父母的已過了四十歲。幸運的人，那個時候夫妻關係仍然和睦；不幸運的人，連跟配偶說話都不想了。無論如何，都會有家庭的責任、社會的壓力；再說，年紀也大了，不大可能重新來一次。

現在的人不同，人的壽命長了，生活方式也變了，一輩子只有一個長期的男女關係，往往是不夠的。

比如說，我周圍的男女朋友們，他們都三十出頭，已經有過一個長期的男女關係。一般來講是大學畢業，工作幾年後，認真談上戀愛的，有人乾脆結婚，有人先同居。對現代大城市的年輕人來說，同居並不是不道德的，也不是隨便的。大多數人，一旦同居，就對情人忠誠，不會在外面亂來。

結婚也好，同居也好，很少有人馬上去生小孩。城市生活是需要錢的。大家都想先打好事業的基礎，掙一筆錢去買車買房子；另外，海外旅遊等的娛樂活動，也要在生孩子以前盡情享受。這樣子，不知不覺地過了三十歲，還沒有家庭的責任。

衆所周知，男女關係有化學作用，或荷爾蒙主宰的一面。這個化學物質到底能維持多久呢？看我周圍的例子，好像在第四年和第七年出現關卡。

有些朋友們，到了第四年，再也不能愛對方，只好分手了。其實，我曾屬於這一類。另一些朋友們，成功地過了第一次關卡，之後，再過三年，他們面對第七年的關卡。

所謂化學作用、荷爾蒙，換句話說，是男女之間的緣分吧。反正是人自己無法控制的東西了。我相信，以前的人也面對了第四年、第七年的關卡，不過，當時因爲有孩子，即使愛情消失了，仍必須維持夫妻關係；而現在，因爲沒有孩子，只要雙方同意，則可分手各走各的路。

第四年分手，相對而言比較容易，大家不到三十歲，還算是年輕人。到了第七年，就比較難做決定了。過了三十歲，重新找對象，很多人覺得好麻煩，倒不如繼續那段不怎麼幸福的男女關係。可是，從另一個角度看，三十出頭也不算老，跟自己不再愛的人過下半輩子，實在是太浪費生命的了。在第七年考慮分手的人，多半已經沒有性生活，哪怕以後生孩子，也不可能是激情的結晶了。

我的不少朋友正在面對第七年的煩惱：該離？還是不該離？

當然，如果能跟初戀的對象幸福地過一輩子，那是最理想的了。問題是在理想和現實之間，往往有一段距離。二十幾歲談戀愛時，大家的思想還不成熟，很難選擇最合適的對象；人到中年，思想成熟得多了，價值觀也清楚得多了，觀察異性的眼力也比年輕時強得多了。

很多男女，過了三十歲，才具備結婚所需要的精神條件。保守人士說，女人過了三十，很難找到男人；但那是大錯特錯，比如說我，三十四歲才遇到了白馬王子。而我告訴你，我絕不是超級美女，也不顯得比實際年齡小。

我覺得，二十幾歲時的，平生第一次的長期男女關係，對很多現代城市人來講，好比是愛情的排練，通過跟一個異性的關係，我們學習愛情到底是什麼、性愛到底是什麼、婚姻到底是什麼；當進入第二次的長期男女關係時，大家都比第一次謹慎得多。

人生像一場戲，只要正式演出做得好，就沒必要後悔排練時候出的洋相。壽命長了，我們得到幸福的機會也多了。

舊情不重溫

美國朋友彼特剛出差回來，給我來電。

「你這次去了哪些地方？」我問他。

「洛杉磯、紐約，還有些小城市，包括我曾經上過大學的M城。」

彼特說，大學畢業以後，他二十多年沒有回M城去。這次是爲了開個小會；星期五下午抵達，晚上見客戶，星期六中午坐飛機離開。

「時間很緊，可是既然到了M城，有一個人我非見不可。」

那是二十五年前的女朋友。他早就聽說，她念完書之後嫁給了一位教授，一直在M城生活。

「星期五下午，我到飯店房間，馬上打電話到查號台。誰想到，我一下子就查到了她的電話號碼。」

彼特猶豫了一陣子：畢竟已經二十多年了，不知道她現在日子過得怎麼樣，如果找到了她，到底要說什麼？應不應該跟她見面？

「最後，我還是打了電話。可是，沒人在，錄音機的聲音是她先生的。我鼓起勇氣，留了言。我和她有沒有緣分，只有上帝知道。」

晚上見客戶、吃飯、喝酒。彼特一直心不在焉，恨不得跑回飯店，等老甜心的電話。

「十點半，我終於甩掉了客戶，一回到房間，電話馬上響了。拿起話筒，果然是她。聲音一點都沒有變，我們回到二十五年前了。」

第二天是星期六，大家都不用上班。彼特跟老甜心一早就在大學附近的咖啡廳見面，整整談了一個上午的話。

「一看見她，我就知道，她現在的生活很幸福。她那種表情、態度是有圓滿家庭生活的女人才有的。她說，她沒有孩子，還在繼續做研究工作。她先生年紀很大了，已經退休，大部分時間花在宗教活動上。結婚二十年，兩個人仍然跟當初一樣和睦。」

彼特的說話聲停了一會兒，好像在他腦海裡浮現了她的樣子。

「坐在咖啡廳，跟她聊天，我感到無比的幸福。大家都老了一些，但同時又覺得變化很小。她的笑容還是那麼甜蜜，我們談得還是那麼投契。說起來也奇怪，我覺得，我愛她愛得跟以前一樣深……」

然後，彼特忽然問我：「你說，那天我應不應該跟她做愛？」

我沒有回答，因爲我知道，他是在自問自答的。作爲朋友，我的任務是先默默地聆聽。

「我當然沒有。不僅是因爲時間很有限，我要坐中午的飛機走，而且我們的回憶太美麗了。過了這麼多年，仍然能做好朋友，不就是很好嗎？何必上床？可是，我要告訴你，我多麼想把她緊緊地擁抱。我沒有碰她一個指頭，告別時只是在她臉上輕輕地吻了一下而已。儘管如此，實際上，那天早上在陽光燦爛的咖啡廳，我們的心靈很熱情地做了愛。」

彼特是柯林頓總統的同代人，如今有家庭，有事業，有社會地位；但他並沒有失去激情。聽完了他的故事，我告訴他：「恭喜你的愛！恭喜你的激情！恭喜你的回憶！」

我想到影片《麥迪遜之橋》。雖然原著小說寫得很肉麻，電影是很成功的，因爲導演（兼男主角）克林・伊斯威特很明白，這並不是有關愛情的故事，而是有關回憶的故事。在中年農婦和雜誌攝影師之間發生的關係，本來只不過是一段婚外情，然而經過二十多年不停的回想，竟成爲感人的愛情傳說。

人到中年，大家都有愛的經歷。有時候兩個人的緣分不斷絕，於是出現重溫舊情的機會。在老情人之間，有共同的過去，也有當前的誘惑。

可是，現實是現實，永遠不能像回憶那麼甜蜜。這大概因爲我們的回憶是按照幻想修正過的；與其說歷史，倒不如說是傳說。彼特這次回M城跟老甜心見面，其實是傳說的延續。他沒有碰她一個指頭，他的回憶卻贏得了永遠的生命。

人到中年，大家都有愛的經歷。但做中年人眞正的滋味是：舊情不重溫。

男人的條件

「你說，理想的男人該滿足哪些條件？」櫻子問我。

當時在多倫多，我寄宿在櫻子家裡。她是個日裔加拿大人，我們年紀差不多。

「對我來說，男人的智力最重要。如果對方沒有我聰明，他聽不懂我說話，久而久之，雙方一定感到很不舒服。」我說。

「那麼，外表哪？我絕不可能跟一個難看的男人一起生活，無論他多麼聰明。」櫻子道。

「那當然。可是，長得太漂亮的男人也不好辦啊！他們給女人寵壞，以爲自己高人一等，結果往往缺乏深度。還有什麼條件？」我問。

「一個不可忽視的條件是床上的工夫。」櫻子說。

「沒錯。否則沒有辦法和睦相處。」我表示同意。

「另外，經濟能力也很重要了。」櫻子道。

「這一點，我倒不怎麼重視。窮蛋，大家都要迴避，我也不例外。可是，一個男人，如果夠聰明，性格又好，自然會有一定的經濟能力吧。這樣就足夠了。」我說。

「對了。我們忘記了性格這個條件。」櫻子道。

「性格嘛。很難說。有男子氣的人往往很粗暴，溫柔的男人又容易帶娘娘腔。」我說。

「主要得看彼此的相配吧！性格上，對你很合適的男人，對我不見得合適。」櫻子道。

那一段時間，我們經常通宵討論男人的條件。最後，兩個人同意的四個重要條件是：「智力、外表、床上工夫、經濟能力。」而且，爲稱得上「理想的情人」，一個男人必須在至少三個項目上合格。

同一個時期，還有一個女人問過我對男人的要求。她是比我大十多歲的英國教師，嫁給了法國畫家，當時亦生活在多倫多。

「你找情人時會考慮哪些條件？」伊馮問我。

「最重要的是智力，其次是床上工夫，還有……」

我還沒說完，伊馮打斷我的話，說：「你和我不同，我最重視的是幽默感。一個男人，即使是哈佛大學的博士，如果沒有能力讓我笑，我便覺得他沒意思。」

「可是，跟男人在一起，不能天天光說笑話吧？還是想要有知識性的對話。」我說。

「我的想法不一樣。知識性的對話，可以跟其他朋友們進行。和情人在一起的時間最長，幽默感是融洽關係的基礎。不過，你提出的第二個條件，正好跟我一致。男人嘛。床上工夫一定要好，要不然簡直是大廢物。幸虧，我丈夫富有幽默感，而且在床上能滿足我。我暫時不準備放棄他。」伊馮說。

看來，成熟女人對男人的要求，雖然每人都有所不同，但是到了最後，大家共同的底線就是「床上工夫一定要好」。

問題是，在必要條件和充分條件之間，總是有一段距離。

有一天，櫻子給我打來電話，那個時候我已從她家裡搬出來，自己租了間套房。

「有件事情，我想問你的意見。」櫻子說。

「什麼事情？」我問。

「愛德華終於向我求婚了。我準備跟他結婚，你覺得如何？」櫻子說。

我覺得稍微尷尬。愛德華這個人，我都認識。他是有錢人的兒子，可以說是好人，外表算好看。不過，他讀過的書不多，人也不怎麼聰明。相比之下，櫻子是多倫多大學維多利亞學院的畢業生，在加拿大算是十足的知識分子。

好像櫻子知道了我在想什麼，先開口道：「沒錯！愛德華確實有點傻乎乎。可是，他長得可愛，人又老實，再說我們在臥房裡特別相配。」

「如果你把他當寵物，甚至情人，都沒有問題。可是跟他結婚，你會滿意嗎？」我表示懷疑。

「你記不記得我們以前討論過男人的條件？智力、外表、床上工夫、經濟能力。其中三項，愛德華是合格的。」櫻子辯駁。

「只不過，對我來說，智力是不可妥協的條件而已。我寧願要智力高的中產階級人士，也不敢嫁給有錢人的傻兒子。」

我這麼一說，櫻子很不高興了，也不能怪她。畢竟，每個人的價值觀念不一樣。

最近，我接了櫻子打來的長途電話，她說：「跟愛德華在一起，令人生氣，頭痛的事情非常多。不過，我還是認爲，世上沒有一個男人是完美的。嫁給了他，我起碼一輩子不用擔心錢的問題。再說，在床上，他的工夫仍舊很好。」

女性朋友

第一次的事件，發生在大約一年半以前。

當時我剛離開原屬單位，開始做自由作家後不久。有一天在家裡接到電話，是香港某一家電視台打來的，對方說要做我的訪問。我卻拿不定主意。

「沒有關係了，我們先見面再說！」導演跟我講。於是我同意，先在我家見面聊一聊。

那天下午，來敲我家門的是一個三十多歲、短頭髮、穿著牛仔褲的女人。閒談半個鐘頭之後，我知道她跟我同齡，已婚，有一個孩子。她好像覺得我們之間有不少共同點，因此感到很親切，可是我自己倒覺得和她溝通不怎麼順利。不知是否語言障礙所導致，我要表達的內容，她不大領會似的。

走之前，她送給我裝滿了一個塑料袋的綠葡萄。我覺得很不好意思，因為我在心裡已經決定，這次的訪問不能接受。當晚我寫了一封信給她說：「我來香港時間還不很長，對此間事務的了解不夠全面，暫時不想接受電視訪問。但我的決定與你個人無關，請你不要介意。」

我以爲事情就這樣結束了。沒想到，過兩天，我收到了一封匿名傳眞信。雖然沒寫名字，我看了之後馬上知道，寄信人不外是那位電視女導演。

「收到你的信，我心裡非常難過。你不想接受我們的訪問，我能理解。可是，你好像誤解了我這個人。我們之間有很多共同點，本來可以做好朋友。我也想給你介紹香港鮮爲人知的一些面貌。我可以帶你去海邊、山頂、離島等沒有別人的地方，兩個人走走，互相認識認識，交換心靈。」

也許我有北美文化背景的緣故，平時把工作和交友分得很淸楚。女導演和我的關係應該是全屬於工作性質的，她給我這般情緒化的信，而且是匿名信，讓我覺得極爲不舒服。如果對方是個男人，我會以爲這個人有問題，跟我打什麼主意？既然該導演是個女人，老實說，我覺得她的問題更嚴重了，她是否有與衆不同的性傾向？當然，她是結過婚的人，我不能百分之一百地肯定。只是我的直覺告訴我，她想跟我發展一種特殊的關係。

我當場撕掉了那位女導演的信，從此斷絕任何來往。

第二次的事件是最近才發生的。我通過一個女性朋友認識了一位女畫家，她是結過婚離過婚的人，沒有孩子，年紀又跟我差不多。

我們之間的來往，通常是幾個朋友一起吃飯喝酒聊天，乃屬於純私人性質。喝醉了酒以後，女畫家喜歡拉我的手，我自己沒有跟女人手拉手的習慣，不過，有些東方女人卻不當回事。因此，我也不好意思跟她說什麼。

然而，有一個晚上，她的行爲更上一層樓了。那天，我剛搬家後不久，便請了幾個要好的朋友到我家來喝紅酒，算是暖屋會。我把那位女畫家帶到廚房去，因爲那裡能看到最好的夜景，窗戶對面是太古廣場，後面有部分海景。

我站在洗碗池邊靠牆的角落，側面對著她說：「你看，這風景還不錯吧！」說著，我感到她的嘴巴貼在我臉上離嘴唇不遠的地方。我很吃驚，一時眞不知道該怎麼反應才行。我是個徹底的異性戀者，從來沒有跟女人玩過這樣的遊戲，也根本沒有興趣。

倘若對方是個男的，我是絕不會如此地緊張的。回他一個嘴巴，還是一個巴掌，我有自信在一秒鐘內做決定。可是，面對一個女人，我倒手足無措。也許是缺乏經驗的緣故吧。我只好裝作什麼都沒有發生一樣，雖然被她侵犯而感到噁心。

客廳裡，還有幾個朋友喝著酒談笑風生，我當然不能告訴他們剛在廚房發生的事情，心中藏著祕密，又無法還擊，這種無力感實在令人痛恨。

因爲女畫家和我有幾個共同的朋友，我到後來都沒有辦法完全避開她。不過，她的行爲越來越不正常。直到有一天她告訴一個朋友說，我和某某人最近背著她來往得過分密切，那個某某人又是個女人。我聽到之後，馬上決定從此不跟女畫家來往。但我的原因是她的越軌行爲，而不是她的性傾向。

我們生活在複雜的現代社會，各有各的價值觀念和生活方式。我是滿尊重別人的選擇的。儘管如此，和有些女性朋友的來往，讓我覺得很不容易。

同居的結局

「他要求我在年底以前做決定，要麼跟他結婚，要麼乾脆分手，各走各的路。你說我應該怎麼辦？」一個日本朋友徵求我的意見。

她跟男朋友同居已有六、七年了。當初，他們倆還很年輕，不想放棄自由，不想要有家庭的責任，雙方都覺得同居比結婚有利。

雖說是同居，他們之間的關係是固定而具排他性的。所謂自由，主要是在感覺上的問題。

「你自己想結婚呢？還是想跟他分手呢？」我問她。

「都不想，」她說，「跟他共同生活了這麼多年，我無法想像重新一個人過日子，我對他也沒特別不滿意的地方。但是，結婚不是需要激情的嗎？我們之間早就沒有了。」

「那麼，你想不想生孩子？剩下的時間不多了。」她都快三十五歲了。

「我也不是不要孩子的，但，剛跟你講過了，我和他早就沒有了性生活。」

「啊，是這樣子，我根本沒察覺到。」

「是啊！已經幾年了，我們眞跟兄妹一樣。老實說，我很想再談一次戀愛，享受一下濃厚的性愛。可是，我和他早過了那種階段。我也不敢背著他去找別的男人。反正，這幾年我都沒有機會認識新的男人。」

「那倒是因爲你有同居男友。你一旦成爲眞正的單身女人，機會保證多起來。不過，能否遇到比現在那一位更好的對象，我就不敢肯定了。」

「你說我應該怎麼辦？」

「他是怎麼樣說的？」

「他有來自父母的壓力。這麼大年紀了，還不成家，對不起老祖宗什麼的。看來，他自己都開始嫌棄這種拖拖拉拉的關係了。」

她停了一會兒，接著又說：「我最近有點後悔一開始沒有結婚。曾有一段時間，我和他確實打得火熱，如果當時衝動地結婚，今天不必這樣煩惱了。」

「說不定到現在已經離婚了。」

「那倒不會，我和他其實是挺不錯的。」

「既然如此，你爲什麼不嫁給他？」

「唉！談了半天，你好像眞不理解我的苦惱。結婚等於放棄其他可能性了。」

「但是，如果不結婚，你就得放棄他了。」

「或者我被他放棄。不，我絕不能讓他放棄我。」說著，她激動地搖了一次頭。我忽然注意到，她長長的馬尾夾著幾根白頭髮。

彼特與他母親

我朋友彼特是日加混血兒。

他爸爸是日本人，曾在溫哥華讀書時，娶了加拿大太太。彼特在溫哥華出生，兩歲隨父母回日本。弟弟蒂莫西則在東京出生長大。

彼特和蒂莫西兩兄弟，都長得特別漂亮。雖然頭髮是黑的，但皮膚很白，眼睛好大，一看就知道是混血兒。我問過彼特：「小時候有沒有被人欺負？」他說：「不多。」也許跟父親的工作有關。他是聖公會的牧師兼教師，在兩兄弟上的學校裡，長期當了校長。

全家在東京住，但是媽媽不會說日語，所以家裡的共同語言是英語。彼特說：「我母親是個美女，我爲她感到很驕傲，我也非常愛她。不過，我在日本長大，英語講得不太流利，跟她溝通很麻煩。」那是彼特念初中時候的事情。十多歲的男孩，在外頭有很多活動，天天忙得要命，很少跟媽媽說話，並沒覺得可惜。

未料，彼特上了高中後不久，媽媽得癌症，很快就過世了。本來，有白種媽媽在身邊，兩兄弟的血統得到無言的證明。媽媽去世，家裡留下了日本爸爸和兩個混血兒子，場面有所令人尷尬。過兩年，爸爸再婚，娶的是日本太太。彼特說，他理解並接受父親的決定。不過，從此，他比原來更加想念已故母親了。

彼特和蒂莫西都在東京畢業於大學。之後，蒂莫西一直在日本工作，彼特則回加拿大去了。看來，出生地決定了他們不同的人生之路。彼特在加拿大出生，擁有加拿大國籍。在溫哥華、多倫多兩地，都有母親的家人。

彼特搬到加拿大，顯然是他想念母親的緣故。他在多倫多的住所，牆上掛著媽媽的黑白照片。那應該是一九五〇年代拍的，她很年輕，而且特別漂亮，跟好萊塢影星一般。

在多倫多，他上舞蹈學院專修摩登芭蕾舞。以前在日本，他念的是心理學。過了二十歲開始跳舞，條件不很好。儘管如此，他很努力，成績不差，過兩年畢業以後，加盟了職業舞蹈團。

混血兒，永遠處於兩個種族之間。在日本，彼特不算是百分之一百的日本人。去了加拿大，他也不算是百分之一百的加拿大人。好在加拿大是移民國家，什麼民族都有，彼特沒有感到適應的困難。

在舞蹈團裡，他交上的女朋友是蒙特利爾出身的法裔加拿大人。作爲舞蹈演員，她的身材當然很好，人長得也非常美麗，其實很像彼特的已故母親。法裔女朋友比他小幾歲，但是特別體貼他。原來，她母親是護士，常常夜裡都工作，女兒從小料理家務，爲人很成熟。

有一天彼特在舞台上摔跤，傷了膝蓋。他去專門的診所，爲的是使肌肉復元。在那兒，他看上了一個日本女孩，是醫生的助理。彼特跟我說：「對法裔女朋友，我是相當滿意的。唯一的問題是，她是外國人。我有時候感到語言、文化上的障礙。跟日本女孩在一起，我能放鬆。」

很快，彼特離開了法裔女朋友，開始跟日本女孩談戀愛。說起來都奇怪，她也是護士的女兒，對剛受傷不久的彼特，體貼至極。

膝蓋受的傷痊癒了。但是，醫生說，彼特不可能再做職業舞蹈演員了。這樣一來，他又要改行了。如果是別人，也許會厭世。可是，彼特這個人是永遠不急的，情緒也很穩定。他先去做點翻譯賺生活費，同時考慮下一步怎麼走。

他對那個日本女孩很投入。然而，她是很現實的，一發現彼特的將來是未知數，馬上改變主意，嫁給了老闆，即彼特的主治醫生。

這回，彼特眞傷心，思想都混亂了。很長一段時間，他專門看上有夫之婦。奇怪的是，其中幾個是護士的女兒，很會照顧男人。可是，到了最後，她們都屬於別的男人。

「你爲什麼專門喜歡得不到的女人？」我問過彼特。

「不知道。」

「是不是戀母情結在作怪？」

「你覺得是嗎？」

後來，彼特上了三年的學校，好不容易成了物理治療師。前些時，他搬回到母親的故鄉，也是自己的出生地溫哥華，開了個診所。

彼特今年三十六歲，仍舊很帥，仍舊是單身漢。在他住所的牆上，還掛著已故母親的黑白照片。

美奈子與世界戀人

我知道我不是典型的日本人。但在我的日本朋友圈子裡，我也不算太奇怪。也許古人說「物以類聚」，眞的有道理。

上周末，美奈子從賓夕法尼亞州來紐約看我，她是我大學時候的朋友。當時我編一份校園婦女雜誌，美奈子是美工之一。如今我還跟十多年前一樣，寫文章、編雜誌，美奈子也一直做美術設計工作。

我一九八四年離開日本以後，有好幾年沒跟她見面，只是通過其他老朋友聽說她在SONY公司當設計師。去年春天搬到香港後不久，我接到美奈子的電話，她說要跟一個我們共同的朋友一起來香港玩。

那天我打開房子的門，一時不敢相信站在我面前的眞的是美奈子。曾經我認識的她只有四十幾公斤，現在來看我的女人起碼有六十多公斤吧！她馬上明白我吃驚的原因，說：「就是因爲胖了一點，你難道不認得我了嗎？」聲音確實是美奈子的。

後來我得知，她在SONY工作了八年，在男性中心社會裡，對女孩子的精神壓力相當大。結果她的身體失調，在短短的幾年之內胖了二十多公斤。「我媽媽說打耳針可以減肥，她也願意給我出治療費。誰想到眞的有效，三個月我瘦了十公斤。」美奈子說。然而，跟大學時代比，還是胖十多公斤。

她辭職了以後去新加坡、香港玩了幾個星期，之後開始考慮去美國。「不管做什麼工作，英語是一定有用的吧。再說，我想離開日本一段時間，自己好好考慮將來的計畫。」美奈子沒結過婚，已經過了三十歲。

今年春節，我回東京跟幾個老同學聚會，正在辦赴美手續的美奈子也在座。在五個人當中我年紀最大，其他人都比我小一兩歲。兩個人是有夫之婦，美奈子和另一個名叫眞壽美的朋友則未結婚，大家都沒有孩子。難怪日本的出生率越來越低。至於兩個有夫之婦，她們的丈夫均是離過婚年紀比較大的人。難道像我們這樣不聽話的女孩子，只能跟年歲大的男人相處？

美奈子和眞壽美都有過長期的男朋友。眞壽美大學畢業後到美國念碩士課程，交上了印度男朋友。美奈子的前任男朋友則是阿拉伯人，是她去國外旅行時認識的。而另一個在座的朋友，也是前些年去汶萊教書，在那裡認識了現在的丈夫。

「你們這些人怎麼不乖乖地在日本找對象呢？」我提問。沒想到她們異口同聲地反駁說：「我們都是學你的！」

其實當年一起辦雜誌的朋友們，很多後來去了外國，學好了外語，交上了不同膚色的男朋友。於是，邊吃飯邊喝酒，我們開始討論一個項目：共同要出一系列的書，總題目叫做「世界的戀人」。每一本都是個人的經歷，如「阿拉伯的戀人」、「印度的戀人」、「美國的戀人」、「中國的戀人」等等。好在我們圈子裡有職業編輯、作家、畫家、攝影師等等。

美奈子是專業的美術設計師，我前些時出的書是她裝訂的。所以我勸她先按照自己的經歷畫插圖，然後我可以幫她寫文章。她好像一直以爲我是開玩笑的，其實，我非常認眞。以第一手材料寫成的「世界的戀人」，一定是無比好的文化人類學讀物。

二月底美奈子到了美國。現在她在離紐約開車兩個小時的賓夕法尼亞州小城做美術設計工作，這是她第一次長期住海外生活。恰逢我有差事來紐約，可以跟她見面了。有一個晚上，我們去「東村」地區的日本式酒吧聊聊。她說，她英文還不行，跟美國人溝通非常困難。我告訴她：「幸虧你不是寫文章的，但可以用畫筆跟任何人溝通。對了，你趕快開始畫『阿拉伯的戀人』的插圖好嗎？請你別忘記我們要出一系列的書呀！」

家庭啊家庭

有一個日本朋友在香港做生意，他太太和孩子則在東京住。上個星期，他給我打電話，開門見山地說：「我離婚了。」

「怎麼回事？你不是最近剛剛回日本見她們？」我問。這位朋友是日本太空人，爲了事業，自己跑香港和中國。太太以前在香港住過，但因爲先生經常不在家而感到寂寞；再說兩個孩子都到了上學的年齡，所以約一年以前回日本去了。之後，這位老闆每兩個月去東京一次，參加孩子的入學典禮、家長會等等。

「是啊！我回去十天。誰想到在十天內我會失去家庭！」他裝作自嘲的樣子，但他的聲音顫抖，表露內心的衝擊。

事情是這樣子的。這次回家，他跟太太吵了幾次架。沒有很大的原因，只是雙方都心情不大好而已。「夫妻嘛！有時候吵架，沒什麼大不了，是不是？」他問。我同意。他接著說：「最後一次，老婆突然間把離婚申請書拿出來了，她問我『要不要離？』我當時很生氣，告訴她：『你要離，那麼我們離婚吧。』這樣子，我們兩個都簽了名了。」

這種情況，起碼在日本是常見的。兩夫妻吵架，莫名其妙地談到離婚。我的幾個朋友都在同樣情形下在離婚申請書上簽名了。可是，這回很特別的是之後的發展。

「我還以爲第二天我們可以和好。畢竟結婚十多年，有兩個孩子，怎麼可能那麼隨便離婚？但我老婆很怪，她把那張紙帶到自己父母家去了。你信不信？我岳父母馬上同意離婚是很好的主意，在單子上作爲證人簽了名，當天就交給市政廳了。」他說。

「這個怎麼可能？」我不敢相信。「對不對？我也想這個怎麼可能？但根據日本法律，只要有夫妻雙方和兩個證人的簽名，政府要接受離婚手續，哪怕是第三者辦的。」他嘆口氣。

他去市政廳打聽，去法庭打聽，找律師打聽，但大家都說「在法律上，離婚已經成立了」。有沒有辦法取消？他說：「唯一的辦法是打官司，說我老婆的父母違背當事人的意願去辦了手續。」跟太太再辦結婚行不行？「這樣子，我的兩個親生孩子在法律上要變成我的養子，因爲他們的撫養權屬於我老婆。」

「本來，我和她之間並沒有嚴重的矛盾。可是，這一次，突然間有了很大的鴻溝。她哭著說她原來不是這個意思。但我建立了十年的家庭沒有了，都是因爲她很不成熟，把這麼大的決定交給父母親做。」

更奇怪的是法律制度。就是因爲在爭吵當中兩個人過於情緒化，在無情的法律面前，一家四口子過去的日子一下子成了空中樓閣。

掛了電話後，我一直想不通。當天晚上跟一個日本朋友吃飯時，我提到了那位老闆的遭遇。沒想到，她有更莫名其妙的消息要告訴我。

她說：「我認識一對日本夫妻，兩個人都差不多四十五了。結婚十多年，唯一的孩子已經上了高中。那個太太前幾天給我電話說，她懷孕了。你知道是怎麼回事嗎？」我搖搖頭。

「他們夫妻之間的感情早就很不好，不離婚只是爲了孩子。太太一直跟我說，等到兒子中學畢業，她要離婚，開始過自己的生活。所以，一聽她懷孕，我覺得很奇怪，冒昧地問了她，是誰的孩子？」

她停了一會兒，接著說：「你信不信？那個孩子是人工授精的結果！因爲她對丈夫沒有感情，不想跟他同床。她是家庭主婦，沒有自己的工作，養孩子是唯一的活頭兒。她一想到兒子快要中學畢業，離開她，就感到非常不安。原來說有一天要離婚，現在看來只不過是說說而已。」

於是，那位生活當中找不到其它意義的太太決定通過人工受精再生一個孩子。「最奇怪的是，她說她丈夫都知道，而且同意。」我朋友簡直不敢相信。

家庭啊！家庭，二十世紀末的日本家庭到底出了什麼毛病？

長途生命線

我掛上了電話，看了鐘才知道講了兩個多小時。沒掛上以前，我是故意不看鐘的。因爲打的是長途電話，一旦開始在腦子裡計算費用，就沒辦法再講下去了。

今天晚上，我絕對有必要打兩個小時的長途電話，不管費用是多少錢。對方在日本，是個大學時候的老同學。

兩個單身女人晚上通電話，話題只有一種，當然是男朋友了。簡單而言，我剛剛失戀了。到底發生了什麼事情，不是此文的題目。

當前的題目是打長途電話的必要性。跟一個男人分手回到家，我心裡自然很空虛。如果是成熟的人，也許能夠自個默默地接受這種空虛感。但我不是個成熟的人，心裡痛苦要告訴別人，心裡空虛也要告訴別人。所以，今天晚上我非打電話給朋友不可。

我打開電話簿，看看給誰打電話最恰當。從經濟的角度來看，最好打給在香港的朋友，「本港電話」是免費的。可是找來找去，我就找不到一個合適的人。一來因爲我在香港的時間不很長，說得上朋友的人還不很多。朋友關係是花時間才成熟的，我不想晚上打電話給剛認識不久的人添麻煩。

另一方面，今晚的話題要牽涉到私生活，不僅是我自己的，而且不能不談到「另一個人」的私生活。在這樣的情況下，我想最好找一個住在很遠的地方，而不認識「另一個人」的朋友去談。

於是我沒有選擇，只好打電話到東京，找個老朋友說兩個小時的私生活。老朋友眞的很方便，她們知道我過去犯過的錯誤，我坦白又一次的錯誤，人家對我的評價不會一下子改變；而且她們已經了解我這次的「故事」是怎麼樣發展的，我不用從頭開始講事情的始末。只要講「末」的一部分就可以了。不過，光光講「末」的部分就需要兩個小時！

「喂，是你呀！怎麼了？是不是跟那個臭男人分手了？」她開門見山地問我。老朋友實在太神祕了，一聽我的聲音就知道今晚的話題。實際上，在關係密切的女朋友之間，猜到對方要講的內容再容易不過了，因爲話題始終只有一種，就是男人。如果是高興的聲音，肯定遇上了一個男人；如果是不高興的聲音，肯定跟一個男人鬧翻了。今天晚上，我的聲音絕對不是很高興的。

就這樣，一講就是兩個鐘頭。我不願意知道到底花了多少錢，因爲數目一定不小了。掛上了電話以後，我告訴我自己，這筆錢是作爲單身女人在海外生活的必要經費，比去看心理醫生省錢得多了。

生活在他鄉，長途電話是跟家裡人、老朋友之間的生命線。以前長途電話既貴又不好打，除非有緊急情況，大家不會考慮打長途電話。現在大大不同了，打到東京或紐約跟「本港電話」一樣方便，再說價錢也比十年前合理得多了。記得當時跟台灣朋友講四十分鐘的電話，和從東京買飛機票來見面同樣貴。

生活越方便，人越懶惰。現在寫信的人少之又少，偶爾寫出一封信以後，又嫌郵寄太慢，乾脆把它傳眞過去。可以說現代人沒有耐心，而且我承認我是個百分之一百的現代人。

今天晚上，我用「生命線」這個詞兒來形容長途電話不是誇張的。如果沒有它，我眞不知道能不能活到明天早上。你也許要笑我說：「跟一個臭男人分手有什麼値得死去活來的？」問題是，人總是爲了不値得死去活來的事情而死去活來。好在今天晚上有長途電話可打，我能繼續做長途電話很忠誠的客戶。

過去幾年，不知道有多少次住在遠處的朋友給過我再活下去的勇氣，這是有了廉價長途電話才可能的事。我相信，離開家鄉生活在外國的人，都多多少少有過類似的感受。

無性愛時代

最近一個晚上，我跟三個日本朋友一起喝酒。兩個男的，一個女的，都是住在香港的文化界人士。年齡又均三十出頭，大家好比是同學，聊起天來很隨便。

差不多喝醉了酒的時候，我們講到愛情生活。一個男性向大家問：「最近充不充實？」指的當然是性生活。喝醉了酒之後，這本來應該是既不嚴肅又不嚴重的問題。

沒想到，一個人回答說：「我早就不幹了。」

第二個人也說：「我都好久沒有啊！」

但他們兩個都是有同居夥伴的。當我感到莫名其妙之際，剛發問的那個朋友說：「是不是？這些年頭，誰還要做愛？」到了這個地步，我心裡很清楚自己是個少數派了。

其實，類似的情況，最近我遇到得不少。無論是單身、同居，還是結過婚的日本朋友們，都公開宣布已失去了對性愛的興趣。他們一般有某種方式的愛情生活，年紀還不很大，卻跟對象或配偶的關係不包括性生活。

他們之間的關係經常像好朋友或兄妹，彼此很和睦。「輕輕地擁抱，偶爾親一親是可以的。但是，進一步的接觸，我覺得不必要，他（她）也說不需要。」常有人向我這樣解釋。

日本媒體開始報導年輕一代的「無性愛化」，已經有一段時間了。那之前的一九八〇年代，日本社會曾打過一場性革命。七〇年代是日本的「同居時代」，可是當時敢走這條路的還是少數，他們普遍被視為「性革命前衛」。到了八〇年代，一般人也紛紛參加革命隊伍。未婚男女搞性關係，再也不必偷偷摸摸，手拉手上愛情飯店都沒人說三道四了。

對我們這一代人來說，婚前性行為是家常便飯，同居是極為正常的事。可是，那樣的「性愛時代」顯然沒有維持多久。很快大家開始覺得，做愛沒有什麼特別好玩，不幹都無所謂。

如今「無性愛化」在日本，已成為社會問題了。畢竟性愛理應是本能的一部分。越來越多人失去對性愛的興趣，無疑表示，日本人的本能出了事了。

到底有多少人過著「無性愛」生活，不可能有準確的統計。「無性愛」和「性無能」，嚴格來講是兩回事。「性無能」的人，說不定其實很想做愛，心裡很著急，因此去看醫生的可能性較高。「無性愛」的人則不同，他們所沒有的不是性能力，而是對性的興趣。如果男女雙方都沒有意見，認為沒有問題，就不去找醫生。兩個人過著和平的日子，不生育孩子，別人會以為那是他們選擇的生活方式。

有些醫生說，年輕人的性慾下降是日本的工作壓力太大所導致的。尤其是從事電腦業務的人，整天都只跟電腦打交道。這種新的工作方式造成的疲勞，跟傳統工作帶來的疲勞很不一樣。

也有些心理學者講，現在的年輕人從小看電視、玩電子遊戲長大，反而很少跟朋友一起玩耍，結果他們對別人，始終感到疏遠。性愛是男女之間最親密的交流，需要在別人面前放開肉體和心靈，夠嚇壞那些年輕人。

「無性愛」男女剛出現的時候，媒體的說法往往是：「無性愛」是一種新的「關係」，也就是一種「共同的選擇」。後來，情況有所不一樣了，越來越多人講，其實「無性愛」是「男人單方面的選擇」。

最近日本有不少以「無性愛」爲主題的小說。主角一般是三十歲左右的女人，她們的丈夫進入「無性愛」的狀態。過去也有些男人不願意跟妻子做愛，但他們是在外邊另找女人的。今天的「無性愛」丈夫確確實實對性愛沒興趣，同時，在其他方面，對太太是滿好的。於是出現一九九〇年代日本女人的矛盾。

先生對女主角很不錯，除了沒有性生活以外。太太自己亦屬於「無性愛」的一代，性慾大概不很強。可是，女人是需要身體接觸的，被男人緊緊地擁抱，女人會感到安全。再說，被男人追求，是確認自己作爲女人的魅力的最佳辦法。和丈夫過著兄妹一般的日子，女主角開始懷疑應不應該這樣活下去……

醫生、心理學家、小說家，各說各的話，但誰也改變不了「無性愛」男女越來越多的現實。在我周圍，公開承認「無性愛」的人已經占多數。如今還在搞性愛活動，好像很過時似的。

很多人過了三十歲都沒有孩子，也不準備生育孩子。看來，生殖本能的低落是不容置疑的事實。

日本味道

日本人的名字

編輯給我傳過來的信說：「有讀者問及：『新井一二三』這個姓名很奇怪，日本人的名字是否像中國人的名字般，都有所含義？」

很奇怪也沒辦法，因爲這就是我的眞名，在香港身分證上印的亦是這個姓名。所以我每次出入境拿出身分證時，那些機場的移民局官員總是忍不住要笑出來。

奇怪的應該是「一二三」這個名字吧！姓「新井」的在日本擁有不小勢力，雖然日本沒有宗親會這個東西。據統計，日本人最多姓「鈴木」，接著是「佐藤」、「田中」。至於「新井」，則排第八十一名。這還算是大姓之一，因爲日本人的姓非常多，中國人的「百姓」根本比不上。

其實，不僅是日本人的名字，連日本人的姓都有所含義，大體上表示祖先曾居住的地方。以姓「新井」的爲例，就是住在「新打的井」附近的意思。所以，也有姓「古井」「荒井」的。

日本人的姓一般都是雙姓，而其中一個字便取自農村的風景：如「田」「山」「河」

「原」「石」「泉」等。看到「田上」「山下」「河合」「小原」「石田」「大泉」等姓，我們可以想像到他們的祖先從什麼樣的地方來。

日本人起名字時的原則，基本上跟中國人沒有兩樣。第一種名字代表父母對孩子的期望。老一輩的日本女性很多都有「淑子」「貞子」「靜子」之類的名字。到了我一代，女同學很多叫「聰子」「智子」「眞理子」。這表示不同時代的父母對他們的女兒有不同的期望。

我三個兄弟的名字都屬於這一種，哥哥叫「克彥」，大弟叫「雅彥」，小弟叫「猛彥」。當然，父母的期望不一定變成現實。叫「雅彥」的大弟從小就學柔道，充滿男子氣。叫「猛彥」的小弟，反而很安靜，算是最「雅」的一個。

第二種名字紀念孩子的誕生。我的名字是最好的例子。「一二三」就是我的生日：一月二十三日。這樣，在我周圍的親戚朋友都沒法忘記我的生日。我還有一個堂弟叫「二三夫」。你猜到了他的生日吧？是二月三日。

用數字來當名字，在日本不算太奇怪。曾經有個軍人叫「山本五十六」。他是他父親五十六歲的時候出生的兒子。

紀念孩子出生誕生的方式，自然不限於生日和父親的年齡。春天生的可以叫「春男」，夏天生的可以叫「夏子」。日本歌星「中島美雪」，我估計是冬天下雪的日子裡出生的。

在日本，孩子和父母、祖父母可以用同一個字來起名字。我的好友「理智」，給她女兒起的名字就叫「優理」，她希望女兒比媽媽優秀。我妹妹的名字「千鶴」，取自我姥姥的名字「鶴」。

我在加拿大教日本小學時發現，班裡有好幾個女孩子叫「加奈」「佳奈」，這是因爲她們是在加拿大（日文的「奈」，讀音就是「拿」）出生的緣故。

每一個時代流行不同的名字。現在年輕的日本父母喜歡給女兒起有「洋氣」的名字。「麻衣」「詠美」「樹理」等名字，日文的讀音聽起來像英文，因此頗爲流行。其實，注重讀音而不重視漢字的意義，是現在的趨勢。歌星松田聖子和影星神田正輝的女兒，名叫「沙也加」，讀音（Sayaka）是挺可愛的。只是，我每次看到這個名字，不能不聯想到礫石或水泥。

中國人看日本人的名字，有時候覺得奇怪。其實，日本人看中國人的名字，也經常感到不好意思。因爲有些漢字的日本音有相當黃色的含義。姓「陳」的是最古典的例子。另外「萬」「金」「玉」等字，在日文裡面也是很危險的。你想知道是什麼意思？恐怕不用我回答了，就是你想到的那個意思。

書籍廣告

日本《朝日新聞》開始在香港印刷衛星版，爲的是服務兩岸三地的日文讀者。以前在香港訂閱日本報紙，只好訂航空版，當天的報紙乘飛機下午抵達香港，讀者看到時已經差不多傍晚，早上的新聞都成了舊聞，而且費用偏貴，我總覺得不合算。現在情況不同了，當天的報紙在我起床以前已經送到門口，跟在日本看沒有時差，再說價錢比較合理了，一個月六百多塊港幣，雖然不能說便宜，但也不是貴得離譜。於是我決定訂閱。

我上次離開日本是八年多以前，之後一直沒有看日本報紙的習慣。關於日本的新聞都在外國報紙上看，眞正發生大事情，亦可在電腦國際網上查詢消息，但始終感到有隔膜。最近天天早上能看到日本報紙，好像我跟日本的距離短縮似的。

不過，我很快就發現，對我來說最有用的其實不是重要新聞。政治、經濟、社會等方面的大新聞，我並不是沒有興趣。可是，今天的日本多的是讓人不開心的消息，早上看了之後，整天都會心情不好。每份報紙二十多塊港幣，我花這麼多錢讓自己不開心幹什麼？

相比之下，文化方面的報導，看了之後心裡會舒服。日本市場比香港大二十倍，各種文化活動也多幾十倍了。每周能看到報紙上的書評，我已經覺得訂閱報紙的費用值得了。更有用的是，各種書籍的廣告，我坐在香港家中能知道最近日本新出版了什麼書。

日本報紙登的廣告是先要通過內部審核的，跟報紙格調不協調的廣告不可出現。大概由於這個原因，報紙上書的廣告特別多。比如說，一九九五年二月六日一天，《朝日新聞》就刊登了總共四十五本書的廣告，另外有雜誌廣告一共十九種。

雜誌的廣告很詳細地描寫每一期的內容，看了廣告已經差不多知道重要消息了。如果我想看全文，則可去日本百貨公司內的書店找，或者打電話給在日本的朋友，請郵寄過來也好。

愛看書的人都會同意，只要能知道新上市的書有何種，心裡已會感到相當滿意。畢竟誰也沒辦法看世界上所有的書。有些作家的新作品是一定要看的，在廣告上得到書名、出版社等信息，效益實在不小。

跟我在多倫多的時候比較，現在的情形簡直像天堂。多倫多沒有日本書店，最近的一家在紐約。但去紐約是要坐一個多鐘頭的飛機的。多倫多的日本書呆子眞可憐，生活裡沒有逛書店的樂趣。但在日本人當中書呆子占的比率確實很高。他們回國的主要目的就是買一大堆書。

當時我擁有的日文書不多，新買的都是英文書。然而我的母語是日文，看日文書是相當根本的需要。不看書的人也許沒法理解，但沒書看對書呆子來說像拷問般痛苦。在多倫多的幾年，我重複好幾次看了一些日本名著。其實我在那幾年裡體會到，名著是看幾次都仍然很好看的。很多暢銷書卻只能看一次，下次再看時已經沒有味道。

香港有不少日文書店。光是這一點，我都不後悔從多倫多搬到香港來。日本百貨公司裡的書店規模不大，新書往往過幾個月才能買到。比如說，大江健三郎得諾貝爾文學獎以後，有好幾個星期香港的日文書店都沒有他的作品。儘管如此，有書店總比沒有書店強，有書看總比沒書看強。而且那些書店也有訂書的服務。

外國人怎麼樣我不大清楚，但我的不少日本朋友都有跟我差不多的書癮。映子是我在初中時候的同班同學，學校畢業以後馬上當了國泰的空中小姐，兩年後就跟在香港認識的德國銀行家結婚。這十多年她一直在香港做家庭主婦，養三個孩子，最大的樂趣是看日文書。當然她看的多數是通俗愛情小說之類，但書還是書。前不久，丈夫問她願不願意搬到台北，因爲他的銀行需要人去那裡工作。映子是個好太太，盡可能想配合丈夫的希望。於是她基本上同意，雖然不知道台北是個什麼樣的地方。她提出來唯一的問題是：那裡有日文書店嗎？

我在書店最感舒服。我想家的時候在腦子裡總是浮現留在父母家的很多書。在報紙上看到很多日文書籍的廣告，對我來說好比是接到了老朋友的電話。跟見面是不一樣的，卻起碼知道她在哪兒，還有時候想到我。只要想辦法，在通訊交通很方便的今天，見面是可能的。於是每天早上收到報紙，我首先看的一定是各種書籍的廣告。

日本人的臉

以前住在加拿大的時候，每次回東京，開始的幾天我都很不習慣。因爲在日本，街上能看到的全是黑眼睛、黑頭髮、黃皮膚的日本人。移民城市多倫多則不同，人的種類五花八門，有白人、黑人、黃種人。光是黑人就有各種黑色。白人的頭髮、眼睛的顏色又個個都不同。坐在路邊咖啡廳看人，是我在多倫多最大的樂趣之一。

那個時候，我覺得，看日本人非常沒有意思，大家都是一個樣子似的。西方人往往不能分別不同的黃種人，見過幾次面後還記不住個別的臉。當時我能理解爲什麼，每人都是黑眼睛、黑頭髮、黃皮膚；想記住也很難找個線索。

說起來也奇怪。我在日本出生長大，但是在加拿大生活了六年半之後，辨別黃種人的能力差了很多。剛搬到香港的時候，我在開會場所或電梯裡面，常常問人家：「我們認識嗎？」對方總是不可思議地搖搖頭。後來有個朋友跟我說：「你是否以爲香港人全是一個樣子？」

這兩年，我來往的人，大部分都是東方人。我的眼睛恢復了原有的能力，認識的人和不認識的人，見過的人和沒見過的人，一看就知道得清清楚楚了。

這次回日本，我重新發現，日本人其實並不是一個樣子的。每人都有不同的臉、不同的表情。這樣一來，看日本人成了我很大的樂趣，不管在地鐵，還是在街上，我都要凝視日本人的臉。

臉是精神的體現。看一個人的臉，我們能猜到他（她）的性格，或思想的深度。再加上髮型、服裝等信息，我們亦能猜到他（她）走過的人生之路。

有一天下午，我和朋友一起去一家蕎麥麵店。朋友說蕎麥麵是「趣味食」。他的意思是，一份蕎麥麵分量很少，不大會塡飽肚子，但是吃起來味道不錯，呑下冷麵的感覺又很舒服，而且可以當下酒菜。再說，日本的蕎麥麵店擺設很講究，滿有「江戶」的味道。於是日本人光顧蕎麥麵店，主要目的往往不是吃麵條塡飽肚子，而是享受整體的氣氛。

尤其是下午的蕎麥麵店，客人多數是已退休的老人家。他們不需要擔心生活，待在家裡都沒事幹，一個人上街散散步，順路進蕎麥麵店。坐下來，叫一份蕎麥冷麵，也許再叫一兩種小菜。一小瓶日本清酒是少不了的，一個人慢慢倒、慢慢喝，表情很溫和。

那一個下午，店裡有七、八個單獨的老先生，有白頭髮的，有光頭的。都穿著便裝，打扮得簡單，不過品味是不錯的。我觀察著他們，猜想每個人的經歷。七十歲左右的人，一九二〇年代出生，恐怕都當過兵、打過仗，不少人應該是殺過人的。戰爭結束時，他們二十五歲左右，回到廢墟般的日本，開始了新的生活。戰後日本的經濟發達，主要靠了他們一代人。現在已經退休，每個月領到養老金，吃飽穿暖大概不成問題吧。一輩子都工作的人，不大懂得玩，「愛好」「休閒」等詞兒，在他們的詞典裡經常找不到。

於是天氣好的下午，他們上街散散步，然後在蕎麥麵店裡慢慢吃麵條，一點一點地喝日本酒。二十年前，他們也許是銀行家、工程師或工人。現在脫下了西裝，大家只是普普通通的老人家。對目前的日本社會，他們感到滿意嗎？五十年前，四十年前，他們想建設的就是現在這樣的一個社會嗎？對日本中年人、年輕人，他們有什麼樣的看法、意見？他們覺得社會夠尊重老人家嗎？

這些問題只是在我腦海裡。我即使再好奇，也不會冒昧地走過去打擾他們和平的老年生活。不過，凝視著每一個人的臉，我能猜想他們的答案。跟世界其他地方的老人家比較，他們應該算是較爲幸運的。現在的日本起碼很富裕，而且有各種福利，這一切都是他們一代人建設的。儘管如此，我還是不能不在他們臉上發現一種難以形容的失落感。

罵人話與日本人

經常碰到外國朋友想跟我學日語罵人的話語，每次都使我覺得很尷尬，不是因爲我修養高，不肯開口說粗話，而是因爲我不想令朋友失望。我怎能告訴他們這麼掃興的事實——「日語沒有罵人話」呢？

「難道日本話沒有『四字詞』（four letter word）？」西方朋友以懷疑的眼光盯住我。

「沒有。」我只好說實話。日語連相當於中英文「四字詞」的一般動詞都不存在。日本人用的是「幹」「搞」一類曖昧的詞兒，自然不能用來打擊別人。至於其他跟性交、生殖器有關的詞兒，在日語裡面只是髒話而已。說出來雖然難聽，卻不能起罵人的作用，反而要被別人恥笑。

「那麼，日本人說『八格野鹿』到底是什麼意思？」中國朋友們一定要追問。他們都看過抗戰電影，對劇中帶有中國口音的日本鬼子動不動就喊出來的這句話，印象特別深刻。

我不願意破壞中國朋友們多年來的幻想，但還是只好說實話：「『八格野鹿』是『馬鹿野郎』，也就是分不淸馬和鹿的『笨蛋』、『傻瓜』，哪怕意譯爲『低能』、『大廢物』，都沒有你們想像的那麼有趣、有內容。」

在罵人話豐富多采的程度上，日語遠不如英語，根本比不上中國話，更不用說一口氣就能罵盡祖宗十八代的廣東話了。當日本人最生氣的時候，從嘴裡出來的話頂多是「畜生」、「糞」等等，實在沒有衝擊力。

其實，我沒有出國之前，連「罵人話」這個概念都沒有。雖然早在初中時代已經知道英文的「四字詞」，但一直以爲只是指性交的俗語，沒想到可以用來罵人。後來去北京留學，當初我接觸的朋友們文化水平不高，我講的中國話不知不覺地受了他們的影響。過了些時候我發現，那些北京小夥子每說一句少不了幾次的那個字到底是什麼意思，嚇了我一大跳。

我學英語的罵人話則是很有系統的。多倫多大學英語進修班的女老師花了整整一堂課的時間，很仔細地教我們「危險的英語詞彙」。關於宗教、性、人體、排泄等等，什麼是書面話、口頭語、兒童語、俗語、髒話、罵人話、禁忌話，老師要求我們根據一覽表記住。

「你們外國人學英語，假如不知道什麼是低級的英語的話，永遠不會講高級的英語。」她說。我覺得很有道理，希望北京外語學院能採用同樣實事求是的教學方法來教中文。

在同一堂課上，我也學了「Sugar」「Shoot」「Gee」等的英文感嘆詞。發音跟「危險」的詞兒很像，是當你無意犯忌諱時馬上改說而保持面子的方法，對淑女也完全適用。這是英文的實用主義，因爲罵人話除了打擊別人以外，還有另一個功能，即發洩心裡的怒氣。

講英語或中國話長大的人，也許太習慣，感覺不到這功能的好處。但對我來說，簡直跟發現了語言上的新大陸一樣。以前只會講日語的時候，我受了別人的氣也不知道怎樣去反擊，也不知道怎樣用語言去發洩怒氣，現在手裡有了幾種中英文罵人話，哪怕只在嘴裡小聲說說淑女版本，起碼能取得阿Q式的心理平衡。

日語沒有罵人話並不等於日本人不罵人，只是沒有特定的一些詞語隨時可以用來罵人。這大概是因爲日本人是「非語言化」的民族的緣故。越是重要的事情，他們越不用語言去表達，反而靠日語所謂的「以心傳心」，即心領神會。這恐怕是武士道精神的影響吧！「沈默是金」仍然是日本人最喜歡的諺語之一。表達感情亦是如此，正如日語的老套話：「看我的眼睛，不用說什麼。」

我幾次碰見日本男人在談話的過程中突然開始大聲喊或者用手拍桌子。心裡不服氣的時候，他們不會用語言表達出來，只能直接用動作態度表示「我不高興」。這種場面在日本老電影裡面經常出現，然而在不同的文化裡卻意味著極度不禮貌，因此外國人對日本人產生了「平時諧和，突然強暴」的分裂印象。其實，除了日本男人的語言表達能力普遍不高以外，另一個原因便是，日語裡缺乏用來發洩怒氣的罵人話。

由我看來，罵人話的另一個用處是可以迴避個人攻擊。罵人話是具有特殊意義的成語，所表達的意思跟個別的字眼沒有直接的關係。罵人話也基本上不選擇對象，跟誰說都可以。想一想沒有罵人話的語言如日語：若要用語言打擊別人，只好針對個人的弱點。這樣一來，後果嚴重得多了，實在不如動用非個人化的老套罵人話。

因爲日語沒有罵人話，外語的罵人話也沒法翻譯成日語。看日本翻譯的好萊塢影片，英語的「四字詞」往往翻成「哎呀」，但「母狗」卻變成「淫婦」。眞不成比例！

所以，學過外語嘗到了罵人話甜頭的日本人，通常講日語時仍用外語的罵人話。但天曉得，日本人最憎恨的是洋化的日本人，一聽到什麼「上帝」、「笨蛋」、「地獄」、「××」、「××」，他們馬上拍桌子大聲喊：「你不是日本人！」對日本人來說，這算是最嚴重的打擊，比中文的「假洋鬼子」、「漢奸」還厲害，幾乎等於說「你不是人」。

但是，顯然這句話只在日本人和日本人之間能起任何作用，至於想跟我學日語罵人話的外國朋友，我還是只好告訴他們日語沒有罵人話。這是眞的。

日本人與宗教

最近，我在東京參加了一次婚禮，是基督教式的。那天的新郎和新娘都是日本人，平時都是佛教徒，他們的婚禮卻是基督教式的。這到底是怎麼回事？

新娘尷尬地解釋說：「那是我爸爸的主意。他在西方電影裡看過很多次父親帶女兒走『處女道』的場面，向來很憧憬。我妹妹三年前嫁出去的時候，她的婚禮是神道式的。家裡只留下我一個女兒，這一次爸爸非得走『處女道』不可了。」

他們的婚禮是在一家西餐廳舉行的，一名牧師，一名鋼琴手，和聖歌隊的兩名小姐，到了時候在餐廳門口出現，辦完了婚禮馬上走了。他們到底是從哪裡來的？

「不知道。都是餐廳那邊替我們安排的，我們只是付了錢而已。一套十萬日圓包括臨時鋪的十五米長的『處女道』，不算太貴吧？」

這種做法，很多外國人是無法理解的。在日本卻是家常便飯，司空見慣。日本的大型飯店幾乎都設有禮拜堂，是專門爲了辦婚禮用的。因爲日本老百姓很崇洋，有些飯店還特意雇用黃頭髮的白種人，讓他們扮演牧師的角色。

在那些飯店裡設有的，不僅是禮拜堂，也有神社。喜歡傳統型婚禮的新人可以選擇在神官面前結婚。問題是，辦神道式婚禮一定要穿和服。這樣一來，整個過程就複雜得多了。和服的租金貴，化妝需要的時間長，穿上之後走動不方便。更嚴重的是，誰也聽不懂在婚禮上神官說什麼，因爲他講的主要是古代日語。

「所以」，我們的新娘說：「在日本，怎麼樣結婚都很尷尬，除非你眞的信宗教。」

據統計，百分之一百以上的日本人都信宗教。怎麼可能是百分之一百以上？因爲普通的日本人同時信神道也信佛教。他們一月一日去神社拜年，孩子出生了，就帶他去神社「御宮參」。可是，人死了，葬禮一般都是佛教式的，墳墓也是在佛教寺院裡的。總的來說，日本老百姓生爲神道徒，死爲佛教徒，並不感到矛盾。

自從公元五三八年佛教傳到日本以後，到明治維新爲止，日本一直流行「神佛歸合」論。按照這一理論，「神就是佛，佛就是神」。這種理論之所以在日本站得住腳，是因爲神道在本質上不同於其他宗教，如天主教、基督教、伊斯蘭教。在神道世界裡，不存在「唯一的、絕對的神」。反之，神道徒在自然界裡發現「八百萬之神」，也就是無限多的神。因此，說「佛也是神」，在日本是完全說得通的。

明治維新以後，日本政府曾推廣過「國家神道」，主張天皇是「唯一的、絕對的神」。幾年前，我對「國家神道」的來源發生興趣，查過幾本書。看來，「唯一的、絕對的神」這樣的概念，是江戶時代末期的思想家從西方宗教引進的，跟神道多元論的世界觀相互矛盾。

日本神道的另一個特點是它沒有經典。它的形式，可以用語言記錄，它的內容，卻沒辦法用語言表達。這種信仰，到底符合不符合現代人對宗教的理解，是值得研究的。

儘管如此，日本每個鎮都有神社，有數不清的善男信女去拜神。只是，當他們在好萊塢電影裡面看到西方人的婚禮時，被洋氣的場面所吸引，認爲「耶穌也是一種神」，開始在飯店裡邊建設禮拜堂。按照日本的文化傳統，這可說是完全正常，不用尷尬的現象。

日本電影與我

我平生第一次看「大人電影」，大約是一九七〇年左右，爸爸帶我和哥哥去銀座一家大劇院看《教父》。當時我還不到十歲，不怎麼明白影片的情節，在黑暗的電影院裡睡了一大半時間。我仍然感到很驕傲，爸爸終於把我當「大人」去看「大人電影」了。那以前，我看過的全都是迪士尼「一〇一忠狗」之類的卡通片。

第一次去看日本電影是一九七七年。那的確是劃時代的事，我平生第一次的拍拖！我們選擇要看《人證》，因爲當時全日本每條街上都有該影片的廣告。

且說一下時代背景。日本五、六〇年代的「電影黃金時代」早已過去，我初中時候跟一大批同學去新宿看的都是好萊塢片子。七七年，角川書店的年輕老闆開始拍以自己公司出版的推理小說爲腳本的影片，並通過大規模的廣告活動去推銷。結果，角川同時可賺電影觀衆的錢和小說讀者的錢。

之後，我很少看日本電影了。上了大學開始接觸自以爲是文化人的年輕朋友，他們看不起好萊塢電影，對於角川之類的日本商業片更是不屑一顧。這時期我們看的幾乎全是歐洲片，有蘇聯的、波蘭的、德國的，也有一些中國的（如《城南舊事》、《駱駝祥子》、《人到中年》等等），好像越是神祕的國家，作品越有文化價值似的。在日本影片當中，我們唯一可以接受的是寺山修司、鈴木清順等的藝術片。這些作品不在一般的劇院放映（沒有多少觀衆），我們去專放「實驗電影」的小劇院，經常以捐款方式給錢。

所以，二十五歲以前，我幾乎沒看過日本電影。我聽說過日本曾經有過黑澤明、小津安二郎等名導演，也聽說過六〇年代末「全共鬥」時期的大學生曾特愛看東映公司的黑社會片子，但我出生得太晚，都沒趕上。

一九八七年去加拿大以後，我才眞正開始看日本電影片。這不是「想家」所致，因爲多倫多藝術中心放映的老片子，對我來說完全陌生、完全新奇。可以說，我到了西方以後才發現自己國家的文化。這種情況並不罕見，有些多倫多的日本朋友跟黃頭髮的洋老師學習傳統日本文化，如書法、彈和琴，我選擇的是電影和文學。三島由紀夫的小說，我全是在多倫多大學東亞圖書館看的。

我覺得黑澤明的作品《羅生門》、《七武士》等非常好，很有現代感。相比之下，小津的作品日本味很濃。但那種日本味明顯屬於過去，沒有黑澤明早期的作品「現代」（modern），因而也沒有「普遍性」（universality）。有趣的是，我後來在一些台灣影片裡發現類似於小津的傳統味。於是我想，除了台灣文化的日本因素外，也許小津的作品表現了一種普遍的現象——現代文明對傳統生活的衝擊。

總而言之，我對日本電影的理解及欣賞角度，在很大程度上是西方的。這也難怪，我看黑澤明、小津的作品，重要目的之一是爲了跟西方人討論文化問題。爲了跟西方文化人有共同的語言，我非得看他們常談到的日本電影不可，更何況我是日本人。

在海外，我也有機會看些水平很高的當代日本片，最近兩年有《關於愛——東京》（以在日本的上海留學生爲題材）、《鍋巴》（同性戀影片）等好電影，令我對日本電影有新的認識。

然而，很可惜，我在日本的朋友，誰也不看日本電影。他們仍然保持我十年前的態度，近日時髦的好像是伊朗、希臘等國家的作品。我打長途電話勸他們去看日本好的片子，朋友們卻異口同聲地說：「日本電影有什麼好看的？」還是不屑一顧。至多，他們看伊丹十三的作品，如《葬禮》、《蒲公英》、《民暴之女》。我每星期查看日本雜誌上的暢銷影片名單，果然十之八九是外國片。

我來香港以後，常常有人向我提出日本影視作品對華人世界的衝擊。我看，黑澤明、小津等的作品對老一輩人士也許眞有過影響，但對現在的年輕人來說，這只是行家內的話題而已。眞正看得出來的是，這幾年拍的日本電視劇，還有些漫畫（柴門文等）、小說（村上春樹、吉本巴娜娜），頗受香港年輕人的歡迎。其實，他們跟這些日本文化產品的接觸，比我這個海外日本遊子多得多呢！

但是我明白爲什麼香港年輕一代愛看日本的東西，絕對不是因爲這些文化產品（我不敢用「作品」一詞）帶有日本味。恰恰相反，現在的日本文化已經失去了傳統日本的味道，所以才吸引香港年輕人。他們喜歡的是一種世界性的時代感，是人類失去了傳統生活以後的城市人的感覺和心理狀態。因爲日本的經濟社會發展比其他亞洲地區早了十幾二十年，反映現代生活的作品出現得早，而且有人積極投資製作符合現代消費者口味的東西，並很有效地推銷（因而「作品」變成「產品」）。香港等地區開始生產類似的產品以前，日本先占有新中產階級的文化市場是理所當然的。

「你說，現在的日本影視作品已經沒有日本味。那麼，你最想念的、小時候看過的、帶有日本味道的作品是什麼？」一個人問我。

「對不起，我想來想去就是想不起一部日本作品。我看過《教父》，我看過迪士尼，但我小時候眞的沒看過什麼帶有日本味的東西。」

她問得很好。但我也只好給她這種掃興的回答，因爲這才是實話。

請別問我們為什麼

五年前的四月份，我加入日本《朝日新聞》當記者。七個月以後，我辭職到國外去。

在日本，《朝日》算是最有名氣的大報紙，當時很多人表示不能理解我的決定。今天回頭看過去，我自己也不得不承認當時我很年輕，做決定也有點輕率。不過，不管怎麼樣，我沒法留在《朝日》太久，即使不談其官僚性或表面革新其實保守的政治態度，僅僅是一天工作十七個鐘頭的極惡劣工作情況，已經夠理由辭職了。

沒錯！我們跑警察局的年輕記者，早晨七點鐘就開始打電話給市內各警察所問前一晚有無發生重要案件。白天一直訪問警察或其他公務員（我的任務包括消防署及入管局等等），晚上八點寫完稿子，之後還要到縣警幹部家庭尋找「內部消息」。晚上到別人家不能不帶一瓶威士忌之類，錢要從自己口袋裡拿出來。假如上司發現我們深夜十二點鐘以前回家，他們認爲有資格臭罵。口袋裡的傳呼機一天二十四個鐘頭一直開，隨時都可以被叫出來挨批評。

每天十七個鐘頭，一個星期六天，並不僅僅是訪問、寫稿（記者的本分），還要喝酒，工作效率不會很高。大家都很疲倦，心情當然不會好。不少人患有胃病、肝病，家庭常常鬧矛盾。「當了五年記者，我沒看過一部電影，沒讀過一本跟工作沒有直接關係的書。」一位同事曾跟我說過：「跟太太、孩子一起吃晚飯，只能在夢裡。」由一些沒有時間接觸現實生活的人來做報紙，我一點都不覺得有任何道理。

這次回國有機會看到當時跟我一起參加《朝日》的朋友，有些人經歷了二、三個地方小分社，已經回到東京總部做事了。他們的工作情況變好了嗎？不見得。一位在東京社會部工作的記者告訴我，她每天早晨九點鐘上班，回家一般是深夜一、兩點鐘，有時連周末都要工作，一個月可以休息六天就謝天謝地了。東京《朝日》的社會版只有兩個版面，再加上「總合」、「媒介」等刊登社會新聞的版面，也不會超過四個版面，而在社會部總共有一百二十名記者為這四個版面工作，每個人的工作量怎麼會那麼多？

第一，日本報紙的使命不僅僅是報導新聞，而且是跟其他報紙競爭。所以，他們要派駐記者在各警察局、機關、團體內的「記者俱樂部」。這些人的主要任務是觀察敵報的動向，於是要經常跟同一所俱樂部的同行喝酒、打麻將，了解大家正在挖什麼樣的新聞，並且防止別人出現獨家報導而使自己丟臉。

第二，整個公司體制不接受個別的人需要，除了工作以外的業餘活動。每個記者要校對自己寫的稿子以後，才可以離開辦公室。早報的截稿時間（dead line）已經夠晚，看完了校樣，連坐末班車回家都來不及。我的朋友很好學，要上課學外語，但是因爲晚上沒時間，只好每星期兩次早晨五點鐘起床，坐一個半鐘頭的車去上七點開的課——請別忘記她是淩晨兩點鐘才回家的。

第三，日本公司的體制很封建，一個三十幾歲（有十多年經驗）的記者要幫他的「前輩」抄寫訪問錄音帶。他是做完自己的工作以後才可以幹這一份差事的，結果到早晨三點鐘才完成任務。除了愛欺負別人的軍隊般的封建意識以外，根本沒法解釋這種異常情況。

今年一月初的《朝日新聞》發表一篇社論，討論怎樣縮短整個日本的工作時間。這篇文章當然不談自己報社內部的問題，恐怕寫社論的人對自己公司的情形已經司空見慣，不覺得有什麼奇怪了。但是，記者的家屬仍會有另一種看法。去年底，一名駐美國特派員的夫人投稿給該報「衛星版」，談她多麼擔心丈夫的身體，因爲丈夫的工作時間異常長。

社會部記者及特派員的工作時間可能比其他部門的同事更長。但是，我這次所接觸的《日本經濟新聞》和「共同通信社」的朋友都跟我說：「晚上十一、二點回家並不算特別晚。」

外人也許認爲記者工作需要很多時間，然而在日本當過記者的人都知道，需要時間的不是工作本身，而是跟同事、同行聊天喝酒。你問爲什麼要這麼做是沒有用的，他們自己也知道沒有任何道理可講。

其實，「不要問什麼道理」是日本軍隊式經營手法的根本性質。不問道理的人才可以不停地工作，可以不休息，只要上司告訴你去做的，都會做。這跟戰後日本經濟的奇蹟般發展有密切的關係，也跟戰時的殘酷侵略手段有直接的關係。不能保護自己人權的人，當然不會考慮別人的人權。

在這一點上，報社跟其他公司沒有區別。「別問我爲什麼這樣做，我已經夠忙，沒時間考慮其他問題。」不知道有多少次聽過朋友們這樣說。

當然，很多人明白日本社會不人道的工作作風要改變，跟我同時參加《朝日》的朋友也不例外。但是，一個人的力量太小，沒法影響整個氣候。再說，在終身雇用制度甚爲鞏固的日本，轉換工作仍然不容易。而且，一年兩次的「獎與」（紅包）很有效地把「離心分子」都拴住。如果工作本身不能提供樂趣的話，錢和表面上的社會地位自然是唯一的目的。

這次回國，好幾個朋友警告我說：「你說話的樣子好像變成了外國人似的。」因爲我問太多的「爲什麼」。一個老朋友說得好：「別問我們爲什麼。其實日本人也不能理解日本社會。」

日本人的台灣觀

台灣我只去過一次，那是在一九八四年夏天，我坐下午的班機從東京飛往台北。抵達在台北火車站後邊的中級旅店時，天已昏黑，接待處的幾個年輕人聽了我帶有日本口音的中國話，不出聲地笑了一會兒。

第二天早上，我一起床就到樓下去吃早餐。旅店的咖啡廳雖然差不多坐滿了人，卻很安靜。我邊吃油膩的煎雞蛋，邊往四周看，除了我之外，幾乎全是一對一對的男女。再仔細看，男的都是中年以上的日本人，女的則是看來大概才十六、七歲的台灣姑娘。顯然是嫖客和妓女。他們一起過了夜，正在一起吃早餐，可是語言不通，沒法說話，於是一個個像死人般地沈默，整個咖啡廳就那麼安安靜靜。

日本男人去台灣嫖妓，我早就聽說過了，也看過台灣作家黃春明的短篇小說《莎喲哪啦，再見》。但是，我親眼看到咖啡廳的這種情景，倒是頭一次。我在台北的幾天，心情一直不很好。後來再也沒去了，這跟那天早上安安靜靜的咖啡廳大有關係。

安安靜靜的咖啡廳之所以給我留下深刻的印象，是它象徵過去一百年的日台關係。

甲午戰爭後，日本占領台灣五十年之久，無疑是對當地民族文化的凌辱。二次大戰後，兩者之間的關係有了變化，然而在人民和人民之間，日本人仍然是嫖客，台灣人仍然是妓女。兩者之間沒有平等關係，當然不能有正常的溝通。於是，那天早上的咖啡廳就是那麼安安靜靜。

雖然我只去過一次台灣，但在海外認識的台灣人卻不少。前幾年有一位在加拿大一所大學教日文的台灣女教授跟我說過：「台灣人跟韓國人不一樣，我們不恨日本人。當戰後日軍撤退的時候，連一個日本人都沒有被台灣人打死。我們把日本人好好地送走了。」她用流利的日語只說了那麼多。可是聽著，我也深深明白她的言外之意：「我們台灣人以禮待人，日本人爲什麼不能以禮還禮呢？」我腦子裡忽然出現那天早上台北的那個安安靜靜的咖啡廳，使我一時不知道該說什麼好。

令我回想起這些「台灣經驗」的是日本作家司馬遼太郎從今年（一九九三年）七月起在《周刊朝日》雜誌上連載的《台灣紀行》。不是因爲他寫台灣妓女或日本過去的罪過，恰恰相反，是因爲他沒談到這些（我剛看完了十月十五日號的文章，寫的是「果子狸」。我等了三個半月，估計他不會寫日台之間這方面的舊事了）。

日本的大衆媒介一向對台灣不大關心。名作家在大雜誌上幾個月連載關於台灣的文章，對日本讀者來說本來是一次難得的機會；加上作者司馬遼太郎對中國歷史有深厚的理解（他自取的筆名是「司馬」），曾寫過一系列取材於中國古代歷史的小說，不少日本人知道劉邦、項羽等人的故事，都是因爲看了他的文章。

當然，歷史小說跟紀行文章不同，紀行寫的是當代人在當代的故事。司馬先生在《周刊朝日》連載紀行，早在一九七一年就開始。他除了日本各地，還到過韓國、蒙古、愛爾蘭、中國大陸、美國等國家。外國他跑過不少，可是一個日本老作家的台灣之行，跟他去愛爾蘭、美國不可能是同一回事。比如說，台灣的李登輝總統跟司馬先生是日本帝國陸軍預備役士官教育班的同期學生。

司馬先生在台北坐計程車到總統府去。見面時，除了一些共同朋友以外，並沒有政府官員在座。雖然之前兩人未曾見過面，但作爲同期的同學，兩人可以平起平坐，用的是「像日本戰前的中學生般的」日語，完全沒有一般外國記者訪問國家元首時的既嚴肅又緊張的氣氛。

司馬先生很輕鬆自如地向李總統提出一些大膽的問題。例如，他認爲日本民族向來注重公家的利益，卻輕視私人利益；中華民族正相反，就是孫中山所說的「一盤散沙」。看台北街頭，又繁榮又很亂，明顯缺乏秩序，在台灣資本主義向更上一層樓發展時，是否應該趕快強調「公家精神」？

李總統的回答出乎司馬先生的意料，也出乎我的意料。李總統「帶著透明的笑容」回答道：「司馬先生，我在二十二歲以前是個日本人，從小學開始一直聽老師講日本人如何如何地好；長大了以後去日本，知道了日本人也有各種各樣的。但是，二十二歲以前受的教育，我並沒有忘記。」

看到這兒，我在幾千里之外的加拿大不禁捏了一把汗。因爲我又想起了那間安安靜靜的咖啡廳，也想起了那位女教授的言外之意。李總統無非在運用高級修辭，帶著微笑，用平靜的語言，很尖銳地批評日本人不顧自己的行爲，愛給別人說教的作風。

司馬先生也吃了一驚，反省自己缺乏禮節。他接著寫道：「聽李登輝先生那麼說，再看他的面容，確實彷彿日本人理想的人格。」他尊敬李總統爲人是毫無疑問的，看他寫的《台灣紀行》的讀者也同樣會產生好感。不過，李總統優秀的人格爲什麼不是「中國人的理想」而是「日本人的理想」呢？想著想著，我似乎聽到了比無言更寂靜的沈默。

也許，我是神經過敏。畢竟，聽李總統說話的不是我，是司馬遼太郎。再說，他們是大日本帝國陸軍預備役士官教育班的同期學生。儘管如此，有一點我相信：在台北，司馬先生住的肯定是高級飯店，早上在咖啡廳沒有我見過的那種一對一對沈默的男女。

做日本人難

我知道做中國人有做中國人的困難，做蘇聯人有做蘇聯人的問題，做南非黑人有做南非黑人的苦處。但我還是不得不告訴您，做日本人也不容易。您可以相信我，我有差不多三十年做「日本人」的經驗。

沒錯，現在的日本經濟發達，政治相當穩定，社會治安也不錯。不過，做日本人仍然很辛苦，我指的不是日本人的房子狹小、工作壓力大，而是因爲大家都不喜歡日本人。

且不談小時候，上大學開始學外語，跟各國朋友接觸以後，我眞正體會到這一點：「沒人喜歡我們。」

我接觸的第一個外國是中國，我的「做日本人難」的經驗也是在神州大陸開始的。頭一次去北京是一九八二年夏天，正好是教科書問題在亞洲各國做頭條新聞的時候。雖然有些小夥子要跟我這個外國姑娘交朋友，到入夜在阜城門內的胡同裡，有幾次老百姓往我們日本鬼子的頭上扔廢紙彈。

一九八四到八六年在中國留學時，曾有一次在東北的夜車上，幾十個旅客把我圍住責備地說：「我朋友的爸給你們日本人打死。」「你來這裡要懷舊的吧！」等等。抗戰結束時，我的父母剛剛上小學，我自己是戰後約二十年才出生的。去中國會有理由學歷史，但沒有理由「懷舊」。我當場跟他們講這道理。可是，他們講的是作爲中國人的感情問題，並非對我這普通人物的個人經歷感興趣。所以，我怎麼樣講道理都根本不可能說服他們。那天晚上是我這輩子最長的一夜。

這幾年我生活在加拿大，有時參加中國朋友舉辦的晚會。過去一年有兩次在晚會上有人當著面跟我說「不喜歡日本人」。一位是電影導演，另一位是新聞記者，兩人都算是有文化，應該懂點社交禮貌的知識分子。他們並不認識我，所以他們所不喜歡的「日本人」大概不可能是我個人，而是整個日本民族。有趣的是，他們倆後來開始喜歡我，而說「你不像日本人」，「我忘了你是日本人」。作爲日本人，不像日本人才討人喜歡當然不是滋味。

麻煩我的不僅僅是愛國主義的文化界人士。上個周末我到多倫多唐人街的一家美容院去剪頭髮，兩個從香港來的理髮師一手拿著剪刀，給我上了一堂「九一八以後日本怎樣凌辱我們祖國」的課。我的廣東話雖然差得要命，仍然知道了「佢哋唔鍾意我哋日本人」（他們不喜歡我們日本人）。

值得一提的是，對很多「不喜歡日本人」的中國朋友來講，我是他們第一次眞正接觸的日本人，哪怕從小看過上百次的抗戰電影，有些人根本沒見過日本人。

我承認五十年前侵略中國是日本恥辱的歷史，教科書問題又是日本官僚愚蠢的表現。但我自己並不是天皇的女兒，也不是首相的愛人，能負得起什麼責任呢？

不喜歡日本人的當然不僅僅是中國人。我一位加拿大朋友的爸爸從來不肯買日本製造的汽車、照相機、電器用品，因爲不想幫助「敵人的經濟」。

因爲日本的大男子主義傳統聞名於世，而我又是個日本女人，不少洋朋友很同情地跟我說：「日本女人的生活應該很慘吧？」其含義不外是：「你也跟我一樣對日本男人有意見的吧！」多倫多大學東亞系有位教授研究西方人對日本人和中國人的成見，他說，西方人對日本女人有「柔和、順從、性感」等等美好的幻想（誤解），而認爲「身矮、難看的日本男人，配不上他們的女人」。

在國際舞台上，過去幾年美國輿論對日本一直持批判態度，主要由於貿易問題。最近，新任職的法國女總理也對日本「經濟侵略」的威脅批評得毫不客氣。作爲第一個非白種經濟強國的日本跟西方先進國家發生矛盾，除了經濟競爭以外，也有不同文化、種族間的摩擦。

包括中國的亞洲國家不喜歡日本人，有歷史因素；西方各國討厭日本人，有經濟、文化、種族因素。那麼，日本人自己不喜歡日本人，到底是怎麼回事？

沒錯！連日本人都不喜歡日本人。

有位日本朋友曾對我講，加拿大人在歐洲碰到另一個加拿大人，一定會很高興地聊起天來。在多倫多的中美洲人見到同胞時也是如此，好像大家都是老朋友或親戚似的。然而，日本人在異邦碰到另一個日本人，一定要盡量迴避，甚至希望別人把自己當作什麼都可以，千萬不要被發現是個「討厭的日本人」。

前些時候，在日本出版了一本書叫《停止做日本人的辦法》。這本由旅澳日本學者寫的書，主要內容是論述澳日兩國的文化比較。不過，出版商之所以採用這一書名，反映了不少日本人覺得做日本人不好玩，如果可以停止的話，願意停止做日本人。

如今的日本已成了國際大國：日本護照、日幣在世界各國很管用、受重視。那麼，日本人究竟還有什麼理由這麼自卑？

首先，恐怕是所有的非西方國家進行近代化建設時經歷的「傳統和發展」相互矛盾的問題。明治維新時期的日本人看到中國鴉片戰爭的悲劇，爲了避免陷入殖民地化的局面，拚命學習西方科學、技術、制度、思想。不過，作爲「遲到的列強」，日本「富國強兵」的國策失敗於廣島、長崎的廢墟裡。戰後日本經濟復興之快，雖然使人感嘆，但如今的日本人還不明白：怎麼做才被國際社會接受。在學習西方、「脫亞入歐」的路上丟掉了傳統文化的日本人，把自己看作馬不是馬、人不是人的怪胎，因此討厭自己。

其次，今天的日本好比從小被人說「你長得特別難看」的孩子一樣。自己本來有些缺點，但加上了太多外來的批評以後，連健康的自尊感都很難保持。

今年（一九九一年）八月號的日本《現代》月刊有一篇名政治家宮澤喜一的訪問稿。其中，宮澤講到日本不再做軍事大國。有趣的是他的兩個理由：第一，在日本實行徵兵制不可能，舒服慣了的日本年輕人，不肯去打仗爲國捐軀。第二，今天的軍事大國非得擁有核武器不可，而擁有核武器的目的，不外是利用實力平衡來防止戰爭，因此同時需要準備使用核武器，也絕對不應該使用核武器。「但是，」宮澤接著說，「日本沒有能力管理這種微妙複雜的狀況；一旦擁有核武器，日本要麼不能有效地利用它（去防止戰爭），要麼會破壞整個世界。非常非常危險。」

宮澤說得很坦率，也恐怕很準確。但是，連像他那樣的政治家都不能相信自己國家的判斷能力（他並不反對其他國家擁有核武器），誰還願意相信他們呢？

所以，我告訴您，做日本人難。

生日前後

也許我的名字是我生日的緣故，每年生日前後我都覺得特別緊張。要跟誰一起過生日，要不要開個派對，要請誰，想來想去，不僅把自己弄得很累，而且有時還向人家發脾氣，結果大家都很不開心，確實不像話了。因此今年的一月二十三日，我早就決定離開香港去新加坡，跟好友理智和她女兒安安靜靜地慶祝我第三十四次的生日。

然而，因爲我的名字是我生日，等於一年三百六十五天不停地宣傳出生的日期，一月二十三日前後還是不能不發生一些與平時不同的情況。不知怎麼搞的，今年有很多好的事情，也有讓我對自己的生日重新認識的一些信息。

比如說，在生日前夕，有個台灣朋友告訴我，一月二十三日在蓬萊島是「一二三自由日」，是一九五〇年代初的朝鮮戰爭時期一大批中國士兵企圖投奔「自由中國」而失敗的紀念日。沒想到，我的名字原來有連我自己、甚至我父母都不知道的典故。但我更沒想到的是，那位朋友接著說：「所以在台灣，一月二十三日出生的人很多都叫一二三。你知道，不少台灣人除了中文名字以外，還有日本名字的。」

眞的？我這個名字在日本都不算很普遍，反正一月二十三日在我家鄉不是什麼紀念日，孩子在這一天出生，父母一般不會想到以日期作爲名字。其實小時候我曾埋怨過爸爸媽媽，因爲我覺得，直接用生日來稱呼女兒有點太隨便，雖然「一二三」的日文讀音「Hifumi」挺有女孩子味。現在知道台灣有一批人跟我是同名，我對「一二三」這個名字的感覺有所不同了。

在生日前後，令人吃驚的事情一個接一個地發生。我又聽說，原來澳門也有「一二三事件」，但指的不是一月二十三日，而是一九六六年的十二月三日。那年正逢大陸搞文革的時期，澳門左派鬥垮總督，使葡萄牙殖民地成爲「半個解放區」的，就是十二月三日。

也就是說，我的名字在台灣是「右」的，在澳門卻是「極左」的。這可以說是名副其實的左右逢源，我父母親眞不簡單。

有了這麼不簡單的名字，我應該勇敢地面對生日，逃之夭夭不是名叫一二三的人所做的事。但去新加坡的機票已經訂了，而且我也很想見理智和她女兒。爲了放一個星期的假，我要事先做好不少工作（包括這一篇文章），生日眞令人忙死。

去年的一月二十三日是我來香港後第一次的生日，我過得特別孤獨，一個人在家裡煮飯吃。很多朋友講，生日對大人來說並不重要，反正都是差不多到了中年的人，還過生日幹什麼？但名字是生日的人，對自己出生的日子偏偏不能那樣放鬆，何況我現在知道我的名字起碼有三個典故。要怪也請別怪我，應該怪我父母了。

所以，爲了避免重蹈去年的覆轍，我這次是事先決定離開香港的。可是，人算實在不如天算，今年卻有幾個好心的朋友們主動地提出跟我一起過生日。結果，我邊忙於處理桌上的一大堆事情，邊去參加各種集會，雖然特忙，還是特別開心。

首先，一位老朋友請我在我最喜歡的餐廳吃義大利菜。我穿上最好的衣服，化好了妝，戴上首飾，坐的士去赴約，感覺滿好。第二天，一個新朋友和他的家人請我吃地道的廣東菜，朋友的弟弟還專門爲我帶來一瓶二鍋頭，因爲他知道我懷念在北京過的青春歲月。喝了二鍋頭，我當晚回家後沒法工作了，但我不在乎，畢竟一年只有一次生日。第三天，我則和三個日本女朋友一起吃地中海菜。「淑女聚會」結束之後，馬上到銅鑼灣的日本餐館，這回跟哥兒們要喝清酒了。生日眞好！

我寫這篇文章其實在生日之前（一月二十一日），我是明天晚上才飛往新加坡的。眞正的生日還是跟理智和她女兒在一起。不過，我已經太高興了。感謝上帝，也感謝爸爸媽媽給我取了這樣特別的名字。

虛構的作家

寫文章，眞是奇怪的工作。在書房裡，面對電腦打字時，永遠是一個人，孤獨至極；寫好了之後，通過傳眞機交稿，除非發生意外，亦不必和編輯說話。整個過程都沈默不語，跟世界社會一點不沾邊似的。

然而，文章一登出來，就接觸到很多人，其中一部分是朋友知己，更多是我根本不認識的人。

有時候在外面，陌生人走過來跟我說：「我常看你的文章。」我總是回答說：「不好意思。」是我眞實的感受。有些人進一步講：「你前些時搬到灣仔，是不是？」或「你什麼時候從日本回來？」我一時感到奇怪，人家怎麼知道我的私事？當然是因爲我自己在文章裡寫過的。

寫散文、雜文，內容經常牽涉到作者的私生活。即使寫小說，很多細節取自作家在現實中的經驗、觀察。沒有一篇文章是完全憑空想像出來的。不過，有事實根據，又不等於說，文章是寫實的。在事實和虛構之間，有很大的灰色地帶。

新聞報導有公認的遊戲規則，比如說，所謂的「5W1H」，即「誰，在什麼地方，什麼時候，爲什麼，如何地，做了什麼」，一定要出現在文章裡。這些規則的目的是確保盡可能客觀的報導。

可是，當過記者的人都知道，完全客觀的報導，實際上是不可能的。好比拿一件物體拍照片時，即使不做任何加工，攝影師能選擇的角度、距離、焦點，以及其組合，是無限的。不同的攝影師拍出來的結果，很可能完全不一樣。到底哪一張是最客觀的？

我當記者的時候常感到，雖然寫的都是事實，整體文章給人的印象，離眞實情況很遠。因爲人畢竟不是上帝，不可能同時看到一件事情、物體的全部側面。有時候事實越多，加起來的結果越支離破碎。

屬於文學領域的文章，在某些方面，作家的自由度較高。寫「非小說」或報告文學，作者可以選擇取捨各種事實。世界很複雜，人的能力有限，從狹窄但固定的角度看問題，說不定眼光能射得遠一點。

散文、雜文的名手，很懂得如何跟事實打交道。在亂雜的世界裡，他們找得到事情的脈絡、「故事」的所在。在名作家筆下，小小的故事能包括全宇宙，投射到人性深處。

其實，不少散文含有虛構的成分。作家對讀者的承諾，以及讀者對作家的要求，本來就不是報導事實。娛樂也好，了解人生也好，都跟事實成分的多寡沒有直接的關係。

我是新聞記者出身，後來才開始寫雜文、散文、小說的，曾經很長時間在事實大海裡浮沈過。我發現，採訪能挖到的事實，不如生活中觀察到的事實有趣。而在生活中觀察到的衆多事實裡，對我最有吸引力的是，具有普遍性的，人的故事。

一個人的經歷，如果是完全獨特的個案，講給別人聽也不會引起共鳴。當箇中哪怕有一點點人生眞理時，方能感動讀者。其實，文學創作和閱讀，都是生活中的哲學實驗，通過文字，作家和讀者均摸索人生的意義何在。

每天打字趕稿交房租的窮作家如我，當然不可能把所有時間獻給文學藝術的女神。不過，有終極的目標，才能天天寫下去。若是光光考慮短期的、現實的回報，實在不如改行從事別的工作。

正如散文裡有虛構的成分，在小說裡亦有事實的成分。如散文裡的虛構成分不是爲了騙讀者，小說裡的事實亦不是爲了暴露某些現實狀況。說到底，文藝作品的存在理由，不是反映現實，而是把人生眞實的片段用文字捉住，以圖窺見人性深淵。

在一篇文章裡，哪些部分是虛構，哪些部分是事實，對作者和讀者一樣不重要。即使文章裡的講者是第一人稱的「我」，不可能跟現實的作者是同一個人。文章跟作者始終是分開不同的兩碼事，只要是作家沒有發瘋。

因此，當我碰見讀者時，難免經驗一時的思想混亂。他們認識的我，是在文章裡面的「我」，既有事實根據，又有虛構成分。我跟讀者說「不好意思」，因爲到一定的程度，我讓他們弄錯了人。

與電腦搞上關係？

簡直不敢相信大學時候我還沒用過傳眞機，也沒用過電腦。初中時候，連複印機都沒用過。

「沒有複印機的時候，你們是怎樣工作的？」我問一位老編輯。看他們的年齡，「前複印機」的日子應該比「後複印機」的日子長。

「不太記得了。好像桌子上有一大堆書，剪報是眞的用剪刀剪的。」他的眼睛往很遠的地方看。

我屬於「後複印機」的一代。上了大學之後，幾乎每星期都用複印機。一九八〇年代初，做複印的價錢已經大衆化了。但我記得「前傳眞機」時代。當時，寫好了一篇文章，要麼郵寄過去，或者約編輯在外面的咖啡館見面。東京的新宿有幾個地方是編輯和作家常光顧的，每個位子上有帶著大信封的編輯，慢慢喝咖啡，等著遲遲不出現的作家。大概文章還沒寫成。

傳眞機一出現，那個情況馬上改變了。這些年頭，我的工作大部分都通過電話和傳眞。很多編輯，我只知道他們的名字和聲音，卻從來沒見過面。這樣子，一方面可以省下不少時間，也可以跟遠處的報紙、雜誌工作。如今長途電話費也比以前便宜很多了。哪怕我在東京、紐約往香港把稿件傳過來，費用不到喝兩杯咖啡的錢。當然缺點也是有的。在「前傳眞機」時代，我經常在跟編輯的談話中想到了題材，現在回想起是無比的奢侈。如今的作家得自力更生，本來夠孤獨的工作變得更加地孤立。

電腦，尤其是文件處理軟件的影響也很大。我在一九八九年開始用電腦，不到一年時間，我的日英文寫作都靠電腦了。在北美洲，大部分報刊早已不接受手寫或用打字機打出來的稿件。他們要求作家提供磁片，或者通過電話線把文件內容直接傳到編輯的電腦去。

這回對作家的壓力大於方便。因爲今天的作家不僅需要寫文章，而且需要用電腦打字。再說，要做設備投資。日文、中文，在電腦上的處理始終沒有英文那麼容易。但在我的日本同行當中，已經幾乎消失了用筆寫稿的人。畢竟，習慣了之後，用電腦打字比用手寫快得多，而且手腕也不大疼。

搬到香港之後，我馬上買了新的電腦，把中文軟件都裝上去了。但，多數中文稿件我還是用筆寫，因爲輸入中文的過程，雖然我會（用的是漢語拼音輸入），但還不能完全習慣。再說，在我的小型電腦螢幕上，看不清楚太小的漢字。

用手寫東西，筆是最重要的工具，其次是原稿紙。過去一年，我不知道爲了寫中文稿，總共買了多少枝筆，但一直沒能滿意。後來，兩三個星期以前吧，香港老編輯送給我一枝鋼筆。「根據我四十年的經驗，寫中文最合適的是這一牌的。」他說得很有自信。

於是我知道了，這位老編輯是一直用鋼筆寫字的。「一九六〇年代，圓珠筆剛出來的時候，大家都覺得很不錯，很現代。不用加墨水，幾十張都可以寫下去。我當然也試過，可是圓珠筆有它的缺點。寫了幾張以後，手會很痛。所以我後來還是用鋼筆，買一枝就可以用十多年，除非你丟掉。」

我眞沒想到，在「前電腦」時代之前，曾經還有個「前圓珠筆」時代。我小時候，圓珠筆已經很普及，而且很便宜。對我來說，鋼筆向來是屬於老一輩的東西。然而，開始用了之後，我馬上很喜歡它。因爲墨水自然地流出來，要用的力很小。而且我都很欣賞加墨水的時間，好比是寫作當中的休息！我歇一會兒，筆也歇一會兒。

現在，我的桌子上有鋼筆和墨水瓶。旁邊則有電腦和傳眞機，通過電話線，在轉眼之間可以跟世界任何地方都聯絡上。如果說電腦能克服空間的距離，那麼對我來說，鋼筆是克服時間距離的工具。眼看著在原稿紙上黑藍色墨水的痕跡，我莫名其妙地感覺我終於參加了老一輩作家的圈子。

當然寫好了之後，稿件是通過傳眞機送到報館去的。連不用圓珠筆的老作家亦是如此。

難忘的亞熱帶

新加坡之旅

從香港到新加坡，飛行時間不過三個多鐘頭，但兩個城市好比兩個世界般不同，簡直不敢相信都是以華人爲主的城市。

我是乘晚上的班機，凌晨一點鐘到達新加坡的。朋友們都說，新加坡很安全而且方便，凌晨抵達也沒什麼問題。他們說得對，在飛機場的免稅商店都還沒關門，找的士往飯店一點都不成問題。

坐在的士，我看到很乾淨很現代化的郊外風景，和啓德機場附近完全不同。到了飯店，皮膚淺黑的服務員很熱情，會說一口流利的英語，我很快就找到朋友和她女兒已住進去的房間。新加坡眞是遊客的天堂。

第二天早上，我們在飯店咖啡廳吃早飯。工作人員全是華人，但他們的樣子跟香港人是很不同的。一開始我說不出到底有什麼不同，後來我慢慢發覺，他們的神態、姿勢，都缺乏香港人般的開放和自由自在，說話的聲音小，動作也稍慢。

吐司、咖啡的味道跟香港沒有兩樣。但在新加坡的咖啡廳，抽煙是違法的。於是我們不想慢慢坐，吃完了飯以後匆匆離開，先回房間連續抽兩支煙。

一上街，我就看到規規矩矩的新加坡人，他們不亂過馬路也不亂碰撞人。街上很乾淨，人們打扮得很保守。我們第一個目的地是一家老飯店叫 Raffles Hotel，日本有同名的小說，我們都很想去看。

飯店原來是殖民地式的大建築，但一樓二樓都變成了購物中心，賣的是世界名牌。朋友慢慢逛商店，我則對買東西沒興趣，一個人跑到樓上的飯店博物館，在小賣部買了明信片和一本毛姆的小說。回到院子裡的露天咖啡廳，邊喝著價錢跟在東京差不多的咖啡，邊給各地的幾個朋友寫明信片。

一會兒，朋友和她兩歲半的女兒都下來，小女孩喝果汁時弄髒了一點點地板。拿著抹布的清潔工人馬上走過來擦地板，效率極高，我們卻覺得這裡不大能放鬆。

找地方吃午飯，對我們來說，最關鍵的兩個條件是既能喝啤酒又能抽煙，這在正式的餐廳是不可能的。在附近走了兩圈以後，我們在路邊的小餐館坐下來。工作人員勸我們到裡面坐，因爲那裡有空調。但我們還是寧願在外面，除了邊吃邊聊之外，還要享受邊喝邊抽。

下午要回酒店休息，但突然間開始下大雨，過一個鐘頭還不停。我們都沒有雨傘，附近也沒有得賣，更找不到的士坐，只好在大型購物中心避雨。

對喜歡買東西的日本朋友來說，新加坡是不錯的，東西比東京便宜一些。但我是從香港去的，能看到的商品跟香港差不多，價錢又比較貴，再說我本來就對購物的興趣不大。我慢慢開始覺得新加坡很悶。

第三天，我生病，整天都在房間裡。我明顯不大習慣新加坡的環境，天氣太熱，而且去哪裡都不能放鬆，好像總是有無形的「大哥」監視著我似的。

第四天、第五天，我們專門尋找古老的地區。畢竟我們都從大城市來，對現代的東西早已司空見慣。小印度、阿拉伯街還有點傳統的味道。最令人失望的是唐人街，原來的居民搬走了以後，新的租戶是高級時髦的餐廳酒吧。老建築已經裝修過，塗的油漆是像雪糕那樣的粉紅、粉綠，一點都沒有唐人街的味道，早期南洋華人的生活，連影子都找不到了。

晚上我們去河邊的露天餐廳，好比是新加坡的蘭桂坊，客人多數是外國人。氣氛是不錯的，但價錢也特貴。當地小夥子走過來跟我們聊天，說「在新加坡，總是要小心觀察周圍，壞事還是可以做，但絕不可以給抓」。

有人說新加坡像公園，也有人說新加坡像醫院。兩種說法都有道理：一切都掃除過、消毒過，太完美得沒有生命的味道。我本來要去新加坡休息，結果把自己累壞了。我和朋友最後的共識是：下次放假，一定不要去新加坡。

澳門日記

星期一。下午工作到四點半，忽然想到去澳門。已有十天沒有休息，放兩三天假也該沒有對不起上帝的地方。

五點多帶著小皮箱離開家，五點半就到港澳碼頭。六點鐘的船坐滿了人，大部分是空手的香港男人，是下班之後去碰運氣的吧！七點多鐘抵達澳門時，正好是黃昏，海景漂亮得很。

從碼頭坐的士直接往路環島。上次來澳門，住的是氹仔島的凱悅酒店。租自行車到更南邊的路環島遊覽，發現有個很美麗的度假區叫竹灣。這次一定要在那裡住。

竹灣酒店是在路環島兩家酒店之一，另一家就是威斯登酒店。不過，前者比後者小得多，總共才有二十二個房間。雖說已經是七月中，工作日來這裡的遊客很少。登記的時候便發覺，今晚沒有別的住客，簡直跟包了一家旅館一樣。

房間外面有很大的陽台，眼前是沙灘，除了波濤澎湃之外，聽不到任何聲音。剛離開家才三小時，到完全不同的世界來了。

在竹灣海灘有家義大利餐廳叫斜塔。晚上，喝著葡萄牙特產的綠葡萄酒，慢慢吃義大利風味的海鮮。這家餐廳物美價廉，讓我十分滿意。

星期二。早晨睡懶覺，起來之後在房間外的陽台吃西式早餐。天氣很好，稍微颳風，綠色的樹葉在藍色的背景上跳著集體舞。

離竹灣酒店走路到路環市區，大約需要十五分鐘。若想坐巴士，每十幾分鐘都有車前往。路環市區，實際上是很小的漁村。在大街上有些商店賣鹹魚、干貝、蝦醬、蠔油等。這裡也有個小碼頭，隔著一點海水，對面就是中國。有人在小舟上放滿汽車零件，過海運到大陸去。

路環島最大的產業是造船業。在荔枝灣地區看到好幾家造船場。他們是按照傳統的辦法，不用藍圖製造大型木船的。

下午回竹灣。在房間裡換穿泳衣後走到海灘，租了一把太陽傘。沙灘上只有幾個人，看來是土著葡人來曬太陽的。有些年輕女郎穿著極小的泳衣，屁股幾乎全都露出來。她們隨著錄音機的伴奏，高高興興地扭著屁股跳迪斯可舞。

昨天的報紙說，星期日的淺水灣人多得沒法子游泳。星期二的竹灣，當我走進海水時，周圍連一個人都看不到。大海是我的。

晚上去氹仔島吃飯。氹仔比路環熱鬧得多，有的是葡萄牙菜、澳門菜的餐廳。很可惜，今晚的選擇錯了，雖然伙食水平不差，氣氛和服務員的態度都令人失望。這一家是旅遊指南推薦的，我今後不再相信旅遊指南的餐廳介紹。

回酒店之前，在氹仔的超級市場買了幾瓶綠葡萄酒。澳門的酒比在香港便宜一半，賣的又很多是在香港找不到的葡萄牙產品。晚上，在房間外的陽台，看著天上的星星，聽著波浪的聲音，慢慢喝酒，實在是極樂世界。

星期三。早上一起床，就到海灘上的公共泳池。雖然酒店裡面也有游泳池，但海灘上的一個非常大，而且邊游泳邊看到大海。在池畔放著白塑料躺椅，跟酒店泳池一般。來這裡玩的人，皮膚的顏色五花八門，是澳門有很多混血人士的緣故吧！

中午回到酒店，在餐廳外的天台看著海景吃飯。據說，竹灣酒店星期天中午的自助餐很有名，但這是星期三，餐廳裡沒有人，放在桌上的酒杯餐具沒人用。菲律賓籍的工作人員一個一個地把杯子拿在手裡用布擦。

休息一陣子之後，穿上短褲去行山。路環島有很多步行徑，從酒店後面的竹灣燒烤公園出發，走了十分鐘，下邊就看到黑沙灣海灘。這個沙灘比竹灣大，離威斯登酒店很近。不過，我還是比較喜歡竹灣海灘，因爲有歐洲度假區的味道。繼續走到山頂公園，一個半老男人自己聽著收音機，也許是那裡的管理員。

接著，直接走下坡往路環鎮，去天主堂旁邊的真之味餐館，我上次已來過這裡。雖說是像大排檔的半露天小館子，飯菜、氣氛、服務都是很好的。叫了炒蜆、咖哩蟹、香檳牛尾、魷魚筒，當然也少不了一瓶綠葡萄酒。天慢慢轉黑，隔著教堂前廣場，看到大海。對面大陸小鎮的樓房，也開始點燈。

星期四。要趕回香港工作去了，我捨不得離開路環。好在南方的夏天很長，還有機會再來吧！

台北

我從東京飛往台北。抵達中正機場後，先坐巴士到市內，然後再坐的士往飯店。

「麻煩你，我想去××大飯店。」我說。

司機在後視鏡裡看著我。過五秒鐘，他開口問我：「你是香港人嗎？」

我很吃驚。我在香港住了十個月，難道樣子都像香港人了？於是說：「不，我是日本人。你說我長得像香港人？」

他說：「不。但你剛才說國語好像說得不那麼流利。」他後來開始跟我講日語了，他是老一輩的台灣人。我心裡想：他的日語沒有我的普通話流利呀！我沒有台灣腔，不等於說得不流利吧！

飯店在忠孝東路，附近有很多百貨公司、餐廳等等，摩登得有點像東京的原宿。但，最吸引我的是書店。位於敦化南路和仁愛路交叉處的「誠品書店」，內部設計很美，既有中文書又有英文書，放的音樂也品味很高。我買了兩本書：阿城的《威尼斯日記》和余秋雨的《文化苦旅》。然後去附近的咖啡廳看書。台北有很多書店和咖啡廳，這兩樣東西正好是香港所缺乏的。

晚上在房間裡打開電視機。很奇怪，在同一個節目裡，有些人講國語，其他人講台語，而看來並沒有溝通問題。過一會兒，剛才講國語的人又在講台語。多種語言的城市，我知道幾個，蒙特利爾是其中一個；大部分人講法語，多數人亦講英語。香港也是吧！有廣東話、普通話、英語。但在一個電視節目裡有兩種語言（同時進行）的，我倒第一次看到了，實在大開眼界。

第二天早上，在飯店二樓的咖啡廳就餐。那裡的小姐跟我講廣東話！是不是我眞的有點兒香港人的神氣了？也許只是因爲在這飯店住的很多是香港人的緣故。

我今天要觀光，先走路到台北火車站。在天橋上有人賣衣服、手錶等等，紙牌上寫著「香港進口」。火車站很大，買了本「公車指南」。然後，去火車站對面的新興摩天樓買票上瞭望台，五十幾層，在台北是最高的，望四周，知道台北確實是盆地。

走路去台北新公園，省立博物館正在裝修中，不能進去。在公園裡坐下來，繼續看阿城的《威尼斯日記》。忽然想到：好不容易來了一次台灣，爲什麼看書？而且是《威尼斯日記》？但據「日記」寫，阿城在威尼斯也看書，而且是中國書，是唐人崔令欽寫的《教坊記》。

還是繼續觀光吧！中正紀念堂，在廣場上很多年輕士兵正在受訓練，把槍團團轉，周圍有好多小朋友看著。

在附近叫「聊齋」的茶館坐下來。這兒是餐廳，又是骨董店，也是畫廊。老闆是徐先生，他太太李女士是畫家，她的作品掛在牆上。我坐的椅子是清代的，旁邊一個是明代的。

「你知道我們台灣的明朝嗎？」徐老闆問我。我知道中國的明朝。明朝時候的台灣是什麼樣子？鄭成功是要「滅清扶明」的吧？我估計那些骨董是從大陸帶來的，但沒有問。

「聊齋」用的膳具都很講究。我吃紅燒牛肉，另有炒青菜、雞蛋湯。吃完了之後，再喝茶。徐老闆很擔心我一個人旅遊。

「沒有台灣朋友陪你，看不到東西的。」他說。也許有道理。「你下次來台北以前給我打電話吧！我找朋友陪你走走。」他說。眞熱情！他給我名片。

離開「聊齋」往西走。本想去西門町、龍山寺，但中途有一條街叫重慶南路，兩邊都是很多書店，於是我又被吸引進去。這裡有點像東京的神田，那也是書店和出版社集中的地區。買了幾本雜誌，帶到近的咖啡廳，邊喝咖啡，邊翻雜誌，兩個小時不知不覺地飛走。天都快黑了。我還沒有觀光！

終於離開重慶南路，往西門町。人很多，非常熱鬧。不久又在一家茶藝館坐下來。這回眞的開始擔心自己：是不是沒有觀光能力？忽然想到香港缺乏書店和咖啡廳的原因。像我這樣的人，在有很多書店、咖啡廳、茶館的地方，永遠不會做正經事的。

馬祖遊記

馬祖位於中台前線，離這次中國大陸軍事演習地點很近。我沒想到台灣總統選舉的前夕，還可能去那裡觀光，但台北朋友說：「你想去馬祖？我們打電話給航空公司看看有沒有位子。」

電話上訂到位，於第二天中午我就可以飛到馬祖去了。台灣的氣氛就是這樣輕鬆。不過，正常的人還是不會在這個時候去馬祖玩。畢竟，報紙、電視天天報導那裡的居民撤退的消息。

在只能坐二十個人的小型飛機上，有幾個空位。十幾個乘客當中，兩個人著軍裝，其他人以少婦為主。她們是早些時避難到台北，現在要回家投票的。除了我以外，還有一個外國人，他是丹麥來的記者，想去馬祖訪問政府官員，然後坐當天的飛機回台北。

第一次的總統直選吸引了全世界五百個記者，光是小國丹麥就送來了三十幾個人的團。但是，「實際上，大部分是已經半退休的老記者、老編輯。他們趁這個機會帶太太玩而已。這兩天又去了香港買東西，只留下我一個人負責全丹麥的台灣報導。」黃頭髮的麥克告訴我。

從台北到馬祖是五十分鐘的旅程。從天空往下看，馬祖是石頭島。一下飛機便看到好多「阿兵哥」在島上到處教練、演習。整個馬祖的人口才五千人，相比之下，這裡的士兵超過兩萬。怪不得在洗衣店裡洗的衣服全都是暗綠色的軍裝。

麥克不會說中國話，馬祖北岸地區會說英語的又只有中學老師。於是我當上義務翻譯，跟他一塊兒去鄉公所訪問鄉長。陪著他坐計程車到北岸小村，那裡能看到大陸。

這個時候我才發覺，馬祖對面是福州連江縣。我去年夏天到過那裡，因爲紐約曼哈頓爲數十幾萬的偷渡客，多數來自福州連江。其實，台灣馬祖也是名義上屬於同一個連江縣的。

看起來當地居民約有一半在這個時候「放假」到台灣去了。實際上，中共演習對他們的生活幾乎沒有影響。可是，看到報紙、電視的報導，大家自然覺得有所恐怖。在海上，連演習的影子都看不到。遠處能聽到打雷般的聲音，那到底是不是炮聲，誰也搞不清楚。

把麥克送到機場之後，我一個人在街上走走。天都快黑了，我應該去哪裡吃飯？很多商店、飯館都關門，因爲居民走了，而且沒有遊客來玩。警察局分駐所所長看到我在路邊坐著抽煙，叫我進去吃他們的剩飯。

雖說是剩飯，但有各種海鮮、肉、蔬菜，還有羊肉湯，都是地道的福州味道。當地警察講的又是福州話，他們是不會講台語（閩南話）的。「你從香港來？香港的報紙是不是也用『國字』寫的？」鄉下人問的問題總是這樣可愛。

第二天就是總統選舉的前一天了。我一早坐船去南竿島，從那裡又坐一個鐘頭的船到最前線的莒光島。對岸是大陸平潭島，眼下的大海就是這次的演習地點。

本來有五百七十個居民，這天只留下一百八十八個，但留下來的人並沒有緊張的樣子，這裡的「阿兵哥」又照常訓練照常休假。前些時，來過一大堆記者，不過，都已經回台北去了，因為海上一直沒有動靜。在縣政府所在地南竿，還有幾個記者，但他們的目的是為了等選舉的結果。

就這樣，我成了選舉前一天在最前線的唯一的媒體人員，也是唯一的外國人。正好有民進黨國大代表候選人在那裡，莒光鄉長請我們一起去小飯館二樓，邊吃飯邊喝馬祖高粱酒。

說起來也很奇怪，我們在全世界注目的台海最前線，但我們只是吃飯喝酒聊天而已，放鬆得沒法再放鬆。「你下次夏天來莒光吧！那個時候有很多貝殼，很好吃。」鄉長說。

下午我們趕回北竿。我直接去機場上了飛往台北的班機。小型飛機只有我一個乘客。「這是你的飛機呀！」飛行員跟我開玩笑。雖然我在馬祖只待了一天，但很高興那是歷史性的一天，是中國歷史上第一次總統直選的前一天。

陽明山溫泉

總統選舉結束之後，我在台灣待了兩天，目的之一是為了泡溫泉。我早就聽說過台灣有溫泉，可是一直沒有機會去。有人告訴我，離台北市區最近的是北投溫泉，那裡有很多日本式的溫泉旅館。但我的台灣朋友們好像更喜歡陽明山溫泉，其實也離北投很近。這裡沒有多少日本遊客，旅館具有台灣風格。

三月二十五日星期一，我上午上完傳訊電視的節目以後便沒有工作了。於是打電話給謝大哥，請他開車把我和好友美娜送到溫泉去，節目主持人奚聖林也跟我們一道去陽明山。大家都是媒體界的人，剛忙完了關於選舉的種種業務。這個星期一下午溜幾個鐘頭讓自己放鬆放鬆，在我看來是應該的。

離台北市中心到陽明山，開車大約要一個小時。台北的空氣污染聞名於世，一到山區空氣就好得多了。而且山上到處正盛開杜鵑花，令人很開心。我們先在一家餐廳喝瓶紅酒，然後又開車去路邊小館子邊喝啤酒邊吃好幾種台灣菜。最出色的當地溪蝦，炸著吃，味道比海蝦香很多。

兩位「男生」需要趕回台北去繼續工作，美娜這天休息不用上班。謝大哥的車開到國際大旅館，我和美娜兩個人下車，直接走到櫃台開了一個房間。我來陽明山的目的本來就是泡溫泉。日本人泡溫泉是十分認眞的，一次要泡十幾二十分鐘，一天要泡好幾次，於是一定需要房間休息。不必說，最理想的是日式榻榻米房間。

國際大旅館應該是六、七十年前日據時代的建築，是座用石頭蓋的日式大洋房。脫鞋上去，我們的房間在二樓盡頭兒。打開門，中間看到較大的榻榻米房間，一邊是小小的榻榻米睡房，另一邊則是木頭地板的廳房，除了兩個矮桌子以外，沒有別的家具。跟日本房子一樣，是地上鋪墊子坐的。

再進去，裡頭有溫泉洗澡間，浴缸既深又大，而且是方方的，足夠兩個人一起泡。打開水龍頭便流出溫泉水來，很熱很香。這是硫黃的味道，是溫泉的味道。我好久沒來過溫泉，眼看熱水冒著蒸氣，高興得不得了。

美娜是台灣中部彰化人，本來沒有洗溫泉的習慣，還好她思想開放，願意跟我一起泡。坐在稍帶白色的熱水裡，全身的肌肉慢慢鬆弛，好比用水按摩，簡直是極樂世界。我沒法想像比這更舒服的事情。

從溫泉出來，美娜不久便打瞌睡。在榻榻米上鋪了被褥，什麼時候睡，什麼時候醒，都無所謂了。我跪坐在地上，開始觀察這個房間。

有榻榻米，也有用紙做的拉門，應該是日式設計，但整個房間卻怎麼看都不像日本旅館。不同的地方太多了，幾乎每個細節都有點不像。比如說紙門的縱橫尺寸有所不像，上面畫的白梅花也更像中國國畫。

雖然「不像」，但我不認爲「不對」，這是我最近去了兩趟台灣以後有了的新認識。曾經被日本占領五十年的台灣，如今還留下日本文化的影響。然而日本人走了之後，又過去了五十年了。那些「日本文化的影響」在台灣早就變樣了，本土化了，現在完全是「台灣文化」的一部分。好比台語裡面的很多外來語，當初應該是日文詞兒，今天台灣人用起來，語義已經跟原義不一樣。當我聽到台灣人說出那些詞兒，很容易誤解他們會說日語。實際上，十之八九他們不會，只是在用已變成台語的詞彙而已。

所以，這個榻榻米房間也可以說是台灣式的。它像不像日本房間，一點都不重要，關鍵是它讓我們感到舒服，而且很適合於洗溫泉以後打瞌睡。

等美娜睡醒，我們到外面的便利店買飲料和零食，美娜也買了洗隱形眼鏡的生理食鹽水。她是個好心熱情的台灣姑娘，難得的休息日從早就陪我到處跑，還陪我在陽明山溫泉旅館過一夜。

晚上一個朋友要從台北上來跟我們聊天，那是《新新聞周刊》的紅顏少年編輯。小夥子來之前，我又洗了一次溫泉澡，眞是愈洗愈過癮。美娜說：「上癮了吧！」但她自己也迷上了溫泉，說畢便脫下衣服再去泡一泡。

國際大旅館的榻榻米房間，一個晚上一千八百塊新台幣，四人以下是同一個價錢。

紅顏少年來泡一次溫泉，之後陪我們聊到凌晨。陽明山的一夜，泡得過癮，聊得開心，實在值得一千八百塊新台幣，不知比日本的溫泉旅館划算多少倍。

深圳的小梅

「走走走啊，走啊走，走到九月九……」，小梅隨著卡拉OK唱，她的歌聲像個小女孩。

「這是什麼歌？是情歌嗎？」我問她。

「不，這是打工仔的歌，想家的歌。」她回答。

深圳的小梅今年二十二歲，離開湖北的家鄉已經四年了。今晚她穿著迷你黑色連衣裙，坐下來，不僅僅是大腿，連白色三角褲都露出了一半。

小梅是深圳的「二奶」，有個香港男人爲她租房，另外給她生活費。他是個四十歲的私人司機，每個月幾次帶禮物來看她。小梅用的法國名牌化妝品都是香港「老公」送來的。

關於他在香港的生活，小梅知道得不多。「我也不想問，只要他對我好，就可以了。」

其實，「老公」也不知道小梅平時的生活。她每天下午起床後，慢慢打扮化妝，到了六點鐘，便跟女夥伴一起上街，看看有沒有男人願意跟她「交朋友」。

在深圳，認識這種女孩子一點都不難。在火車站附近、飯店咖啡廳，或市中心區的街上，隨便問化妝濃一點的女孩子，幾乎都是香港人的「二奶」。只是，若想多了解一點她們的生活，要給「小費」而已。

她們是職業女郎，從事的是世界上最古老的那種行業。香港「老公」是固定收入的來源，其他時候她們「出來玩」，算是打零工。實際上，用「二奶」一詞形容她們，只是香港男人的一廂情願。小梅雖然說對「老公」有「情」，卻用不上「愛」字。

小梅的「工作」經驗差不多有兩年，她很懂得職業操守，每次「老公」來就好好兒地伺候他，從來不多問不多說。我跟她們在一起，第一次明白「賣笑」是怎麼回事。她們見誰都笑得甜甜蜜蜜，只要有「小費」拿就可以。

在深圳問「到底什麼樣的女人做妓女」這種問題已經沒有意義，一來因爲她們的人數太多了，好像當妓女不是特殊的事情似的。二來因爲她們的選擇極有限：要麼做妓女，要麼做女工。

二十歲的湖南姑娘愛群，兩年前來南方特區的原因跟小梅一樣：「在鄉下沒事幹，我不想成爲父母的負擔，要靠自己的本事吃飯。」

區別是愛群不塗脂不抹粉，穿著T恤、牛仔褲，在一家造紙廠打工。夏天在悶熱的車間裡，她把大紅大綠的包裝紙用手疊成聖誕節賣的紙袋。底邊貼的英文標籤是「中國製造」，但愛群不知道哪個國家的人要買這個東西。

每天工作十多個小時，晚上睡在工廠的宿舍裡。「有很多同鄉，跟在家裡一樣。」愛群說。工廠大門一天二十四個小時都鎖著，爲的是不讓工人偷了原料、產品到外面去賣。愛群的收入，包括加班費在內，一個月不超過七百塊人民幣。

相比之下，小梅一個晚上就能賺到愛群一個月的工錢。她住在相當舒服的公寓，穿高級進口時裝。什麼卡拉OK、酒樓、舞廳，小梅去得多了。可是，對愛群來說，這一切都屬於無法享受的高檔消費。

在今天的中國大陸，「一部分人先富起來」以後，貧富非常懸殊。如果小梅去工廠打工，溫飽問題可以解決，卻找不到任何出路。再說，最基本的生活已經不能夠滿足她，於是，二十二歲的小梅天天化濃妝，穿著低胸迷你連衣裙，在深圳街上走來走去。

「我並不喜歡這樣的日子，我想要有自己的事業，不想靠男人吃飯，但沒那個本事。」小梅說。她父母是小學和中學的教師，三個姊姊都出嫁了。

「過一年，再賺多一點錢，我準備回家。」小梅說。一談起家鄉，這位世故的女孩子眼睛馬上發紅。「小時候家裡太窮，生病也沒錢去看醫生。」說著眼淚不停地掉下來。「我不願意回想過去，難過的事情太多了。」她一九七三年出生，連毛澤東去世都不記得，她是在改革開放的中國成長的一代。

我不大能想像做妓女究竟是什麼樣的滋味，又不知道如何問她才合適。「你說有很多男朋友，到底最愛的是誰？」我問小梅。

她的笑容又變得很寂寞的樣子。「我最愛鄉下的男朋友。其實，我這一輩子，說得上愛過的只有他。如果有男人向我求婚，我會答應的也只有他。」

小梅的理想是在湖北鄉下跟初戀的對象成家，開個小商店。爲了這個目的，她自個兒在殘酷的深圳華麗世界，一方面給比她大十八歲的香港男人「包」起來，另一方面拚命地賣笑。

唱卡拉OK是她工作的一部分。小梅會唱很多歌，而且唱得很好。「我最喜歡唱這一首——」她最後點了鄧麗君的〈我只在乎你〉。

我對小梅有好感，希望在她的生活裡有哪怕一點點美好的東西，使人生值得活。她是我見過的同類女子當中最老實的一個，但這不等於說她告訴我的話一定全部屬實。

吃完了飯，唱完了歌以後，她照樣要收「小費」——比她父母親的月薪合起來還要多。

拿了錢，小梅高高興興地先走了一步。時間才十點多，說不定她今晚還可以交上一兩個「朋友」。

滿洲里去來

哈爾濱到滿洲里，坐火車是整整二十個鐘頭的旅程。火車一進內蒙古，窗戶外邊是一大片草原了。處處能看到的小湖沐浴著陽光，像大海一般的蔚藍。

硬臥鋪。我對面是住在海拉爾的父子，七歲的男孩小力在哈爾濱動了斜頸的手術，脖子前邊還留著手術後的線，回海拉爾以後才能拆的。聽說，斜頸的手術很簡單，但爲了動小手術還要坐二十個小時的火車。小力別著毛澤東的像章，我問他，這是誰？小力天眞地回答：「毛主席！」這是我在中國差不多兩年之內唯一看到人家別著毛像章的。

火車上，蒙古人不少。他們是城市的蒙古人，打扮得也跟漢人沒有兩樣，光看樣子是看不出來的。他們之間用蒙語講話，跟別人用漢語講話。知道了我是日本人以後，就問道：「日本也有蒙古人嗎？」使我吃了一驚。

小力的爸爸已經有五十歲，大女兒學校畢業工作了。小兒子小力動來動去使老爸爸爲難。他對我的照相機很感興趣，但正好沒有膠卷，我沒辦法使小力明白，只好做個姿勢按快門。小力看到閃光燈一亮，就高興得不得了。

火車快到滿洲里的時候，乘警來檢查乘客的證件。他發現有一個外國人（是我），車停了之後，就把我託給車站的警察了。但這警察沒走三十步，就知道我只不過是個留學生，根本不能算是「外賓」，說：「『國旅』在二道街，你慢慢走。」就把我放了。

啊呀！我眞不知道該怎麼描寫這個城市的樣子。圓木蓋的俄國式房子，風一陣一陣地呼嘯，四望無邊際的大草原把全鎭包裹著，大圓大紅的太陽正落下去到地平線，極像美國西部片裡面的小鎭。離這兒九公里的地方有中蘇邊境。

街上的商店、機關的牌子，都用漢、蒙兩種文字寫。雖說內蒙古，這裡漢人占多數。聽說，海拉爾有很多蒙古人。去郵電局打電報，經過人民政府，紅地黃字的大口號提醒我：這裡也是共產黨統治下的中國。

賓館（國際旅行社）的大廈，很多大人看日本卡通片《聰明的一休》。《一休》、《阿信》在中國普遍受歡迎。我一看，不能不發現，片子裡面的人物總是嘆道，在地主剝削下的農民日子過得怎樣慘。不知道原來就是這個樣子，還是在翻譯的時候加重了這種味道。

我拍照片，很多人過來圍著我。幾個小孩追著我，小學二年級，中午休息，從學校跑出來的。「那是什麼東西？」「照相機？」「給我們拍照吧！」「收錢嗎？」我說不收錢。他們很高興地做姿勢。不管在什麼地方，小孩是最容易接觸的。下午的課，一點半開始，他們匆匆忙忙回學校。

街上有穿民族衣服的蒙古人，但不多。我在民族商店外邊等著蒙古人出來拍照。兩個小夥子向我走過來：「要照蒙古人，我們招待所有很多，一起來吧！」

蒙古族招待所，住的大多數是蒙古人，很多人穿著蒙古服。

他們哥兒們幾個是從離滿洲里五百公里的地方來出差的。城市的蒙古人，平時講話用蒙語，但上的是漢語學校，他們這一代已經不認識蒙文了。滿洲里這個僅有三萬人口的地方，對他們來說已經是個大城市。他們都沒去過哈爾濱，更不用說北京了。

他們請我到房間裡去喝酒。好客、熱情的他們，喝的是六十五度的白酒，邊喝邊唱歌。我不能喝白酒，只好添「色酒」（果酒），搪塞過去。

傍晚，跟他們一起去小飯館。六個人，在桌子上擺滿了炒菜、涼菜、肉包子、啤酒，還有白酒。杯子一碰就應該乾，很快就空了幾瓶酒。並非是大個子的年輕人用手指開啤酒蓋兒。差不多喝醉了，開始猜蒙古拳，輸了該乾一杯。在這裡，喝酒是生活的主要目的，能掩蓋一切。

牆上有寫「酗酒鬧事罰款拘留」，在其他地方是很少見的。不久，坐在我對面、一直叫我「姊姊」的小夥子，開始有點不正常了。我看不到他的心裡面，但好像莫名其妙的矛盾在他心裡發酵似的。旁邊最年輕的人勸他說：「哥哥，我們是無所謂的，但你還是該給這位小姐一點面子吧！」但是，沒有起作用。

突然間，他的拳頭打倒了桌上的啤酒瓶子。不一會兒，他抓著桌子邊，把所有的東西掉到地上去了。我旁邊的人，全身蒙了酒什麼的，臉上可能碰了玻璃碴兒，流著血。我吃了一驚，根本不懂是怎麼回事，反正兩個人已經開始打架了。

兩個小夥子帶我出飯館，重複地說：「不好意思，不好意思。」

晚上，國際旅行社有舞會。每逢節日，市的領導人都光臨。隨著日本製電子鍵盤的伴奏，跳交誼舞。我看見了剛才的「他」走進來，但裝了沒注意到我的樣子。使我覺得難過的是，這個場合與他不相配。

早上，坐日本三菱牌的「麵包車」出去，目的地是大草原。旅伴兒有一個，也是在北京念書的日本姑娘，還有司機和翻譯。這位翻譯先生雖說懂英語，但不懂日語，而且後來我也知道了他不懂蒙語。所以，作爲翻譯，他一點用都沒有。但我應該說，他是很好的旅伴兒。

汽車沿著向蘇聯的路開了幾分鐘，然後向左拐彎，駛進了大草原。不久，在右邊看到了很遠的街影，是蘇聯。一般外國來的遊客不能到「國門」去，只好在草原上遠望蘇聯，但太遠。滿洲里的人把邊境叫做「十八里」，就是因爲離城裡有十八華里之遠。司機說，當地人常看蘇聯的電視節目，受歡迎的是卡通片、芭蕾舞、合唱等，其他節目有語言問題，看也看不懂。有趣的是，滿洲里的人看的北京中央電視台的新聞節目是遲幾天的，因爲在北京錄了以後，用火車運到這裡來需要四、五天。

邊境的這邊和那邊，都是一樣的大草原。我問翻譯先生，有什麼隔開兩國領土的東西嗎？他說，以前什麼都沒有。這邊放的羊隨便過邊境去蘇聯，只好通過海關要回來，現在好像有了鐵絲柵欄什麼的。

草原上有時能看到牛群、羊群、馬群。十歲左右的蒙古小孩，一個人騎著馬追幾百隻的羊。

草原上當然沒有路。司機怎麼知道往哪裡開車？而當我走在除了草以外什麼都沒有的地方，我不禁自問：我們到底從何處來，往何處去？

我們找蒙古牧民住的「包」，但車到它應該在的地方卻找不到。附近放牛的人告訴我們，那個包最近搬到北邊去了。車子開了一會兒，見到了兩個包。

包裡中間最高的地方，才能勉強站直，進門時要彎腰。裡面很乾淨，有兩張床，櫃子。蒙古太太用稀少的水，洗了幾個碗，給我們倒了幾碗用羊奶做的「奶茶」。老實說吧！勉強可以喝下去。

三個女人，好像是婆婆、媳婦和女兒。婆婆穿的蒙古服，扣子、邊兒都是金黃色的，很漂亮，但已經太舊，相當破爛了。她外表有點像西方童話裡面的巫婆。

她們帶著微笑，但差不多不懂漢語，十二歲的女孩好像懂一點。司機、翻譯都不懂蒙語，溝通很困難。好不容易才明白了，她們家裡的男人都到親戚家去了。翻譯說，照蒙古人的習慣，男人管家。只要男人在家，接待客人很熱情，請吃飯，請喝酒。那樣的時候，女的也不跟客人同桌子。今天男人不在家，讓我們進屋子，已經是格外通融了。

她們對我們一直很友好，可惜的是語言不通。我大膽地試一試昨天剛剛跟城裡的蒙古人學的一些蒙語。「你好」是「tasenon」，「謝謝您」是「talaheljie」。只有幾個詞，無法溝通，但她們好像聽懂了我講的「蒙語」。一起拍照片，又用蒙語說「baieste」（再見），站起來了，握了好幾次手。老太太好像說「請再來」，但即使再有機會來滿洲里，那時候這個包應搬到哪裡去呢？

司機說了好幾次「日本」，要使她們知道我們是從「日本」來的。但好像她們到最後一直沒有聽懂這個「漢語」。

我們的車又開在草原上，到了呼倫池，本地人把它叫做「Dalai」，是蒙文「大海」的意思。一大片草原上，突然出現藍色的大海，這個對照夠有衝擊性的。波浪湧過來退回去的大湖，看不到對岸，水平線是白色的。據說，湖中心的冰還沒有融化，看起來是白的。颳了大風，那塊冰融化了的時候，才是草原的春天。湖邊除了一家招待所外，什麼都沒有，也沒有人。因爲沒有被污染，自然的生態系仍保留著，聽說有很多學者來調查研究。

回來的途中，我看到了火力發電站的煙囪冒出黑煙。翻譯先生說：「沒問題，草原這麼大，一個發電站污染不了整個大草原。」

在賓館，我隔壁住的是四位從呼和浩特來的新聞記者，他們是來採訪這座新開放的邊境城市的。晚上跟他們一同出去，先到的是修樂器的個體戶。本來在文工團拉二胡的先生，現在離開單位搞個體戶。他妻子和兩個女兒，小的才三、四歲，大的差不多二十歲。小女兒唱鄧麗君的歌，爸爸說「她奶奶是日本人」。滿洲國時代這裡也來了不少日本人。蘇聯參戰後，不少蘇軍、日軍陣亡，滿洲里有紅軍烈士紀念碑，是紀念那時候陣亡的蘇聯兵。

我們到了一個舞會，是另一家個體戶的太太租旅館的餐廳，自己辦的。四十多個客人，一直跳到十一點。舞會結束以後，這位太太特意給我開「歡送會」。我是明天要離開滿洲里的。

留下來的幾個人圍著桌子，喝酒，吃罐頭水果。旅館的經理年輕的時候做過日本人的學徒工，現在還會講點日語，他用日文唱〈支那之夜〉、〈我是十六滿洲姑娘〉（戰時日本的流行歌曲），其他人要我翻譯。

一個人放了錄音帶，是〈何日君再來〉，甜甜蜜蜜的。一位記者請我跳舞，用力抓著我右手，在耳邊道：「這個曲子才是我現在的心情。新井，別忘記我，別忘記我……」但當我要把兩手圍在他頸項的時候，他卻說：「不行，不行，這兒是中國，我不想找麻煩。」旅館的經理也很客氣地請我跳舞，但一開始跳，他就緊緊地抱我，一點都不像跳舞。

差不多兩點鐘，我們坐經理開的車回賓館。在車上，那位記者趁黑暗摸我的手背。賓館的門已經給鎖住，只好從窗戶溜進去。中國式的羅曼史？

早上。我昨天拉好了關係，今天能坐小汽車去「國門」參觀。汽車沿著鐵路，一直開了「十八里」。半路，一個警察上了我們的汽車，使我提心吊膽。規定上，一般的外國旅客不可到國門，但實際上並不難。

大草原上，跨過鐵路和公路，有兩個綠色的鐵大門，是中方的，不遠的地方能看到暗紅色的蘇方國門。門這邊有個小房子，是爲了辦海關等手續的。一輛黑色轎車剛辦好了出境手續，過門往蘇聯去了。那邊能看到人影兒，但肉眼看不清楚。我拿起照相機，就被値班的「制服」阻止了。鐵路上，一隻小豬跑來跑去，牠是什麼都不知道的。

回賓館收到了那位記者留的字條，說：「難忘的邊境城市滿洲里，更難忘的你……」，接著是官方語氣地寫好文章了。

上海的查理

快五十歲的查理，最近剛剛改行了。新的工作是當演員，也不是一般的演員，而是在大陸專門扮演外國人。因爲，查理是個外國血統的中國人。

查理的爸爸是英國人，媽媽是俄國人。他爸爸是在五十多年前以美聯社駐華特派員的身分來上海，解放以後沒有走，五〇年代入了中國籍，幾年以前死在神州大地上。

隨著中國電影業的發展，這幾年所需要的外國演員越來越多。但是，從外國請演員來，有經濟上的困難，找在中國留學的外國人，也不大方便。後來，有人想到了，「找些長得像外國人的中國人，不就行了嗎？」

解放以前曾作爲國際城市的上海，現在還有像查理的人，也有更多中外混血兒。他們都在各單位裡工作。那麼影片廠又怎樣去找這些人呢？查理說：「去公安局查檔案找的。拍部電影大家都要幫忙，公安局也不例外。查檔案不會公開個人經歷，只是告訴導演我們的姓名和所屬單位，這樣做對我們沒什麼不好。」查理說。

這些演員當中，像查理一樣「純正的外國人」極少。不少是歷史遺留下來的，沒有爸爸的混血兒。當導演問每一個人父母的血統時，有個別的人甚至不能回答爸爸的國家。因爲不僅僅是自己，連媽媽也不清楚到底誰是爸爸。

反正，他們都當演員了。查理因爲「長得特別像外國人」，因此常去外地工作，最近參加過電視劇《鄭成功》，當了荷蘭軍官。

現在，每個月光是「工資」都有五百元，妻子再也不用去工作了。朋友、鄰居也看得起他，查理好像很滿意。

查理家的客廳，使我聯想起童話書裡面的洋人屋子：在鮮紅底上有很多米奇老鼠的窗簾，有咖啡喝，有巧克力吃，沙發、彩電不在話下，還有電話機、樂聲牌音響組合。牆上掛著他爸爸的大照片，架子上有幾本英漢、漢英詞典。

查理會講相當好的英語，雖然他的「上海閒話」（san-he-e-wu）講得更地道。他從來不用中國名字，今年十三歲的女兒西蒙奴也沒有中國名字。小時候「被迫」喝牛奶，個子已經長得比媽媽高的西蒙奴爲此頗爲難，因爲在學校，老師、同學們都不知道怎麼稱呼她好。

查理在中國出生，從來沒離開過中國。他的神態、動作、思想、做人，可以說都「全盤中國化」了。說起來也有點奇怪，其實，光看他的臉孔都夠像中國人。第一次跟他見面，如果我不早就知道來接我的是外國血統的人，絕不會以爲他是「鬼佬」。

我問過他：「你是不是中國人？」他只說：「我是中國籍，但沒有中國血統。」

假如我問一個出生在美國的華人同樣的問題，對方很可能認爲我是在侮辱他。但在中國大陸，社會上的「血統論」那麼強，人們心裡的「崇洋」思想那麼普遍。我跟查理說，在日本混血兒是多多少少受歧視的。查理說，在中國沒有。

同查理聊天，基本上跟一般中國人沒有兩樣。他說，在國外，人家的物質生活很富裕，但精神上不見得。你看，那些有錢的美國人，想要什麼就有什麼。什麼都有了以後，去幹什麼？搞同性戀。同性戀這種事情，在「我們」中國是沒有的，至少我自己沒聽過。連動物都不做的事情，心理上有毛病的人才去幹。我說，那是個人問題，沒什麼對不起別人的吧！查理說，對不起「人類」，要槍斃！

他對目前中國的「出國熱」也帶有批判態度。他說，很多女孩子只要對方是洋人，給她買絲襪化妝品，就願意跟你走，沒什麼感情可說。不過，最近幾年「我們」國家改變政策，允許她們自由地跟外國人結婚，也是好事情。很多女孩子出國以後不是給賣了嗎？（在中國傳說出國以後「給賣了」的女孩子，恐怕已超過了出國總人數。）給賣了以後她們怎麼辦？只有中國大使館可以保護她們。雖然你給中國丟臉，社會上看不起你，但你還是個中國人，要回來，我們是歡迎的。那些人回來，對別人是很好的「反面教員」。

查理自己正在申請移民去美國。那邊有親戚，恐怕再等幾年才批下來。「我想先去美國旅遊一下，但領事館不給辦理簽證，他們認爲我一去就不會回來。會講英語，有親戚，長得跟那邊的人沒兩樣，還有什麼理由回來？我說我一定回來，但他們還是說，反正等幾年可以移民去的，先別著急。」

查理準備到美國以後，從事旅遊業，帶旅行團來中國。他說，工資不會很高，但也有小費。「在中國各地方我都認識人，了解情況，中國話沒問題，當導遊比任何一個美國佬都強！」

「黃色中國」的夜生活

最近有事去了一趟中國，在福州待了幾天。我十年前到過福州，但這次重訪連一點印象都沒有。一來因爲這十年的變化很大；二來因爲福州本來就是沒有強烈個性的城市。

「五一廣場」應該是市中心吧！那裡還站著毛主席像，揮著一隻手。他背後有三個大型廣告牌子，左邊是可口可樂，中間是電子公司，右邊是高爾夫球場。他腳下則是「五一商場」。這個畫面簡直是紐約波普藝術家的諷刺作品。光看「五一廣場」我們就能知道，「紅色中國」已經過去了。

在街上也幾乎看不到紅色油漆字的大口號、大標語，卻到處都是紅色的計程車，福州人如今也叫做「的士」。跟香港的區別是，這些「的士」都破破爛爛。看來，司機只學了開車，而沒有學車子需要保養。

少了大標語，多了「的士」，我一時有錯覺，這兒不是大陸而是台灣。那麼多「台灣檳榔」的招牌，那麼多大酒樓舞廳卡拉OK桑拿髮廊……

福州的夜生活很活躍，但我沒有地方可去。第一個晚上，沿著五四路走來走去，我找不到地方坐下來，吃點東西。我對大酒樓舞廳卡拉OK桑拿髮廊沒有興趣，只是想在舒服的環境裡喝杯啤酒、吃點簡單的東西而已。但我這種要求在福州恐怕太中產階級了。這裡的消費只分高檔和低檔兩種，要麼去大酒樓卡拉OK舞廳夜總會，或者在路邊的大牌檔。我不反對大牌檔，如果福州的天氣沒有比香港還熱而悶的話。

於是最後，我只好去外貿中心飯店的咖啡廳，要一瓶嘉士伯和公司三明治。麵包軟綿綿，外邊卻焦黑了。我心裡有一種敗北感。好不容易來了一次福州，幹嘛要吃不三不四的公司三明治？然而，在街上的大酒樓卡拉OK舞廳夜總會外面，穿著露腿長旗袍的小姐是爲了歡迎台商、港商，我什麼「商」都不是，而且是個女孩子家。

晚上沒事幹，去找找東西看。奇怪，福州有的是大酒樓卡拉OK舞廳夜總會桑拿髮廊，卻沒有書店，連報攤都看不到。這回我心急了，去幾家飯店的商場，但只有《鄧小平文選》的英文版。沒錯！每天房間裡送來《福建日報》和《福州晚報》，但是花十五分鐘就看完了。漫長的夜晚怎麼過好呢？

當我在一家飯店的服務台發現香港《文匯報》和《大公報》時，我高興得差不多跳起來了。我在香港從來不是「黨的喉舌」的忠實讀者，但這回津津有味地讀下去。電視節目也一樣，在福州漫長的夜裡，「衛視中文台」在我眼裡突然間成了全世界最偉大的電視頻道。

當然，這種興奮感是不可持久的。在經濟繁榮的福州，有了那麼多大酒樓舞廳卡拉OK夜總會桑拿髮廊，但爲什麼找不到可看的書報、電視節目呢？外面的電影院只放一種影片，那是好萊塢片子《眞實的謊言》。幾天之後，我找到了家書店，賣的是「推銷員叢書」和「現代中國農村情愛小說系列」，還是沒有我可以看的。

「福州人有什麼娛樂活動？」我問了幾個當地人。大家異口同聲地回答說：「現在可多著呢！有大酒樓卡拉OK舞廳桑拿夜總會髮廊。」而且據說，「項目」也五花八門。

既來之則安之，我決定去桑拿（三溫暖）看看。晚上七點半，我是「女賓部」唯一的客人。在外面氣溫超過三十五度的福州，誰還要去桑拿再流汗？「有什麼項目？」我問了閒著的服務員。她說有「擦背」。好吧！來一下。有個四十多歲的胖女人用烏漆巴黑的水弄溼了我的背，然後拿毛巾一點一點地擦，沒什麼特別舒服的。

後來，當地朋友笑著說，那種地方只有男人去才能享受各種「項目」。我覺得非常沒意思，福州經濟能維持那麼多卡拉OK舞廳夜總會髮廊，換句話說，黃色場所，但沒有可看的書報影視片，也沒有像樣的咖啡廳。我估計這現象並不限於福州，今天的中國大陸就是這樣。「紅色」時代過去了以後，便是「黃色」時代。

回到香港，我覺得這兒簡直是「文化綠洲」。

胡同兒

那是一九八四年的事，我從東京去北京留學。

當時在北京外國語學院有一百多名留學生，主要來自四個國家：北朝鮮、日本、蘇聯、柬埔寨。其中，日本和蘇聯的留學生是專門來學中文的。學校當局考慮我們不同的背景，把兩國的學生分開來，結果，在我班裡的同學，全是日本人。

在北京，教外國學生中文的，本來只有北京語言學院。八〇年代初，改革開放政策開始，其他院校也接受留學生了。人民大學、師範學院都開了漢語進修班。至於外國語學院，因爲很多老師懂外語，自然具備接受外國學生的條件。

去北京之前，我已經在日本學過三年的中文。不過，中文是大學裡的第二外語，並不是我的專業，雖然學過基本語法和一些詞彙，眞正的溝通能力還幾乎等於零。剛到北京時，我會問路，做簡單的自我介紹，如此而已。

外國人學中文，北京的環境應該算是最理想，畢竟現代漢語是以北京話爲基礎的。去中國其他地方留學，當地人在生活中講的經常是方言，跟在課堂上學的語言不一樣。

話是這麼說，在北京話和普通話之間也有一段距離。很多北京人搞不清楚什麼是北京話，什麼是普通話。他們有首都人的驕傲，往往相信，唯有地道北京話才是純正的中國話，我一位老師就是一個好例子。

她年紀很輕，當時剛剛畢業於北京大學中文系。把直髮梳成兩條辮子，穿著寬鬆的深藍色棉褲，她有一副「革命女性」模樣。在課堂上，我連一次都沒看過她的笑容。在當年的中國，大學畢業生沒有選擇職業的自由，工作是國家「分配」的。也許，她本來有別的志願，不大喜歡教外國人中文。

年輕女孩子一本正經的樣子，有時候反而造成幽默的效果。有一次，她教我們唱一首中文歌，是《大海啊故鄉》。那是想家、想媽媽的歌，一班日本學生唱著開始哭出來。我們離鄉背井到當年還是社會主義的中國念書，自然是很想家的。然而，那位女老師一點不解人情，一本正經地問：「怎麼了，你們都感冒了？」使我們只好苦笑。

北京女人說話非常好聽，我的老師也不例外。女高音加上北京特有的捲舌音，產生令人陶醉的效果。不過，那種口音，學起來實在不容易。

記得有一天她要教授如何發兒音。她採用的教學方法簡單到可怕的地步，是讓我們無數次重複地說同一個詞兒的，那就是「胡同兒」。

那天在課堂上的情景，至今在我腦海裡特別清楚，想忘都沒辦法忘記。老師背著我們站在窗戶邊，每十秒鐘說一次「胡同兒」。同學們每十秒鐘跟著她說「胡同兒」。

不，我們要說「胡同兒」，從嘴裡出來的倒是「胡同」。

「胡同兒，」老師又說一次。

「胡同，」我們又一次失敗。

「胡同兒」

「胡同」……

整個上午，就那樣痛苦地過去了，她連糾正都沒有糾正我們的發音，只是讓我們重複地說「胡同兒」。作爲土生土長的北京人，剛開始教學不久的年輕老師，她恐怕無法明白，對我們來說，捲舌音是多麼難的。

我在大陸總共待了兩年，學會中文，主要靠的是看書和在旅途上跟各地中國人的交談。可是，現在很多人說我有北京腔，我還是得感謝那位頑固的女老師。從那天起，我一有空就在嘴裡試說「胡同兒」，不知不覺地學會了捲舌音。「胡同兒」一詞，其實是源自蒙古語的北京方言，跟其他地方人講話時用不上。但是，一旦會說了「胡同兒」，什麼「餃子兒」、「小孩兒」相對而言容易得很。

北京腔到底有什麼了不起，我自己不大清楚。每個地方都有不同的口音，北京腔只不過是其中之一。可是，我發現，確實有不少中國人把京片子當作跟「女皇英語」一般高人一等的東西。

我是長大了以後才學中文的外國人，漢語根基絕對不厚。儘管如此，中國朋友常誇我的普通話，就是因爲我把「胡同兒」一詞說得標準。這是一本正經的北京老師無意中開的玩笑。每次想到這一點，我不禁苦笑。

哈密瓜和芒果

我在中國大陸念書，已經是十年前的事了。拿著獎學金，免費住在留學生宿舍，每逢假期就到處去旅行，眞是多麼好的日子。從沿海各地開始，到東北、內蒙、新疆、青海、西藏、雲南、長江三峽、海南島……不知道那兩年裡，我總共跑了幾千公里。

年輕時候，有的是體力和好奇心，再苦的旅程都覺得挺好玩。結果一去往往就是幾個星期，來不及回學校上課，難怪校方對我很有意見。不過，至少對當時的我來說，在旅途上能學到的東西比課堂上還要多。也就是說，我雖然曠課，並沒有逃學。

現在，我對當時的老師、同學的印象已經很模糊了。可是在旅途上的很多經驗，我還記得很淸楚。這十年中國大陸的變化很大，不僅是風景，而且人都跟以前非常不一樣了。所以我更加地有理由去珍惜當時的經驗，珍惜我的回憶。

一九八五年的夏天，我走的路最長。首先參加學校爲留學生組織的旅遊團，從北京去敦煌、烏魯木齊、吐魯番。之後，我自己繼續走絲綢之路；從吐魯番坐三天兩夜的巴士越過闊大的塔克拉瑪干沙漠往喀什。接著又回到蘭州，再往西到青海格爾木，坐兩天的巴士去西藏拉薩。搭飛機經過成都，最後到了上海。迎接從東京飛來旅遊的父母、姥姥、弟妹，跟他們一起在蘇州、杭州玩了幾天。

在那麼長的旅途上，我認識了很多人，也吃到了各種各樣的東西。新疆的拉麵很有咬頭兒，中東式麵包很香。蘭州的牛肉麵當時在北京還吃不到，成都的擔擔麵也令人難忘。到了上海當然有小籠包。好像我是眞愛吃麵的。

不過，給我留下的印象最深刻的是，在塔克拉瑪干沙漠上吃的哈密瓜。我小時候在東京，蜜瓜特別貴。除非有人生病住院以外，身體健康的孩子平時根本沒有福氣吃蜜瓜。在絲綢之路，蜜瓜非常豐富，而且是旣香又甜的哈密瓜。

十年前，一個哈密瓜才五毛錢人民幣，於是我乾脆不吃別的東西了。在沙漠上旅行的幾天，每次巴士停在綠洲，我就買一兩個哈密瓜拚命吃。

沒想到，吃太多哈密瓜是會拉肚子的。但是，坐巴士旅行是絕不可以拉肚子的。有一個當地人告訴我：「你吃西瓜好了，西瓜是止瀉的。」就這樣，我繼續吃哈密瓜，肚子受不了了，馬上改吃西瓜，情況好轉，再去吃哈密瓜。

另一種難忘的味道是海南島的芒果。

芒果也是我小時候只聽過而沒吃過的東西。所以，第一次到了位於熱帶的海南島，我一定要嘗一嘗。

那是一九八五年的十二月。我從廣州先來香港過聖誕節，然後坐船到海口去了。當時海南島還屬於廣東省，剛開始對外開放，完全沒有旅遊飯店之類。

我的海南之行，目的除了吃芒果之外，便是在全中國最南的鹿回頭海灘度假。有些外國人把那裡叫做「中國的地中海俱樂部」。

我是在沙灘上喝著中國製造的白蘭地迎接一九八六年元旦的。完全沒有燈光，卻有滿天的星星，耳朵聽到的只是波浪的聲音。我這輩子，還沒有比那一次更浪漫的過年。

不過，在海南島，我沒吃到芒果。我在沙灘上認識了一群當地小孩，其中一個十歲左右的男孩對我這個外國大姊很感興趣，天天都跟著我。當他知道我對芒果的嚮往時，很難過似地告訴我：「現在沒有芒果。等到五月份，才到處都是芒果呢。」

第二年的五月，我在廣州中山大學，有一天一個陌生人敲了我房間的門。他來自海南島鹿回頭，帶著個大木箱。我一打開，果然發現了好幾十個芒果，是那個男孩為我摘的。

海南芒果有大的也有小的。我天生小氣，把小的送給同學們，把大的留下來自己吃。可是，我後來得知，小芒果才很甜。小氣鬼是始終吃虧的。儘管如此，我邊想那個沙灘上的男孩邊吃的海南芒果，還是天下最甜蜜的。

中文歌曲與我

我一九八一年四月上東京早稻田大學政治學系，開始學中文了，那是我的第二外語。在課堂上學的第一首中文歌曲，我還記得很清楚，是這樣唱的：「北風那個吹，隨風那個飄……」

我對中文越學越感興趣。於是半年之後決定，除了在大學每周兩堂的課以外，還要上日中學院的夜校。在那裡聽到的第一首中文歌曲，則是〈游擊隊之歌〉。後來又學了〈草原上不落的紅太陽〉。現在回想就覺得很奇怪：當時中共已經開過三中全會了，怎麼我們在日本還唱抗戰、文革的歌曲？也許有「信息時差」的問題。到了第二年，我們開始學歌頌「四個現代化」的〈甜蜜的工作〉，還有〈我的祖國〉，另外也唱了〈草原情歌〉、〈康定情歌〉等民歌。

八四年去北京留學，當時的流行歌曲有侯德健的〈龍的傳人〉。剛在北京時還沒有當地朋友，教我那首歌的是從北朝鮮來的留學生。我們在他房間裡的金日成肖像下面一起唱「黑眼睛黑頭髮黃皮膚……」。在課堂上，北大畢業的年輕女老師教我們唱〈大海啊我的故鄉〉。我們幾個留學生齊聲唱那首歌，大家都很想家，最後歌聲變成哭聲。

在留學期間，我每次放假都去外地旅遊。在南方沿海城市，當時已經有好多港台歌曲磁帶賣。我買了兩盒鄧麗君的帶子回北京，在宿舍裡放「小鄧」的「黃色歌曲」，像〈月亮代表我的心〉、〈再見我的愛人〉、〈你怎麼說〉、〈小城故事〉、〈何日君再來〉等，我至今還挺喜歡唱。

當時，對我挑戰最大的是蘇芮的〈酒矸倘賣無〉，因爲嘴巴要動得很快。我也買了她一盒磁帶，練習唱〈是否〉、〈請跟我來〉、〈一樣的月光〉等等。

如今很流行的大陸時代歌曲，十年前在北京幾乎沒存在。我在廣播上聽到的是像〈十五的月亮〉那樣的愛國革命歌曲。中國朋友們經常要我唱日文歌曲，如〈四季歌〉、〈北國之春〉，還有那年在大陸很流行的日本電視劇《血疑》（山口百惠主演）的主題歌。

第二年我轉學到廣州中山大學去了。有一個加拿大同學非常喜歡台灣的校園歌曲，那一年我常常跟他合唱〈橄欖樹〉。一九八五、八六年，中國相當開放了，尤其在南方。前一年在北京，我還跟一些當地朋友學了文革時期的歌，如〈大海航行靠舵手〉，到了廣州已經不受歡迎了。

之後離開中國，經過日本，去了加拿大。「六四」前後，在多倫多也有很多集會、示威、遊行等等。除了早就學過的〈龍的傳人〉以外，我又學到了一系列愛國歌曲：

〈我的中國心〉、〈中華民族頌〉、〈血染的風采〉。

那是卡拉ＯＫ開始普及的時期。有些大陸來的朋友花辛辛苦苦打工賺來的錢去買卡拉ＯＫ機器，在家裡跟一大批老鄉大開嗓門。流行歌曲很多了，有大陸的、台灣的、香港的。我也學了一些新歌，但是不知怎地，給我的印象始終沒有早些年學的歌那麼深刻。

去年春天來了香港以後，有一次跟幾個日本朋友去卡拉ＯＫ，這些人都是要麼學普通話，要麼學廣東話的。很有趣，通過每個人選擇的歌曲，我們能知道他們的背景。學廣東話的人自然都唱香港歌。在台灣念過書的人，除了國語歌以外，還會唱些台語歌曲。像我這樣在大陸留過學的人，難免給別人「老土」的感覺。後來我去買了王菲、羅大佑等的ＣＤ；有一段時間拚命學習〈容易受傷的女人〉，只是我的廣東音發得實在不地道。

每一首流行歌曲都有它的時代背景。忽然聽到前幾年的歌便想起當時的情況，是去卡拉ＯＫ的樂趣之一。有一次我聽到〈明天會更好〉，我馬上想起八五年的聖誕節。我在廣州中山大學的宿舍裡，晚上打開收音機要聽香港的廣播，那一段時間，每個晚上都能聽到〈明天會更好〉。只是這回看卡拉ＯＫ字幕才知道，歌詞是「慢慢張開你的眼睛」，而不是「媽媽張開你的眼睛」，我十年前曾每個晚上都覺得很奇怪：「媽媽」怎麼能張開「你的眼睛」？

我愛北京天安門

我第一次去北京是一九八二年的夏天。我與二十來個日本學生在白塔寺附近的華僑補習學校，進修了四個星期的普通話。

那是我第一次出國，也是第一次坐飛機。從東京成田機場到北京首都機場，只要飛四個小時。空間的距離那麼近。但當時的北京，對於日本大學生來說，完全是另外一個世界。

我至今還很清楚地記得，在北京機場看到解放軍士兵時候的恐懼感，那是絕對陌生的事物，自然而然產生恐懼感。經過邊驗、海關，我們坐巴士往城裡。天空已黑，當時北京的夜晚眞是一片漆黑。不知道車開了多少時候，忽然間從黑暗裡浮上來一幅畫兒。那是毛澤東肖像，我們到了天安門廣場。

當時我對中國的政治情況一無所知。可是，北京給我的第一印象是：內戰剛結束的城市。街上到處能看到文革留下來的、半褪色的標語。北京人跟我們交談特別小心。路邊蹲著無數的待業青年，默默地下棋、打撲克牌，在街燈下看《北京晚報》。

兩年後，我又回到北京。從八四年到八五年，這次在北京外國語學校留學一年，北京給我的感覺很不同了。雖然大家都很窮，但在空氣裡我能聞到對未來的希望。北京好像恢復了自信、樂觀，人也變得活潑了。

我交的朋友們是北京的年輕藝術家，用當時流行的說法，便是「八〇年代現代派」了。

每天晚上，我們在西單、西四等地區剛開始出現的個體戶小餐館吃飯、喝啤酒，談天說地。那些北京朋友們和我，雖然來自兩個不同的國家、不同的政治制度，但是年輕人之間的共鳴超越了一切差別。

現在回想，我還是覺得八四、八五年的北京確實有過自由的氣氛。舊的價值觀念剛剛過去，新的一套還沒建立起來。在那麼一種眞空的時間裡，我經常聯想：我出生之前，二次大戰剛結束時的日本，也許曾經有過類似的青春期。

當時我二十二歲，第一次長期離開父母家，正處於青春期。有一個晚上，照常跟一大班朋友們吃完了飯以後，我和一個長頭髮的小夥子，趁黑手拉著手偷偷地離開了其他人，搭出租汽車往他在東大橋的家。那是個很寧靜的夜晚，當我們坐的車開過天安門廣場時，在那麼寬的長安街上竟然沒有一個人影、車影。我們是年輕天眞的一對情人，天安門廣場屬於我們。

四年後，我在加拿大。一九八九年的春天，我幾乎一直坐在電視機前邊。學生絕食，上百萬人遊行，宣布戒嚴，我都在螢幕上看。那幾個星期，我吃的全是三明治、漢堡包、薄餅之類的快餐，根本沒有時間、也沒有心思做飯。

接著就是六月四日了。我知道，跟很多中國人所受的衝擊比較，我的感受是很個人的、不足輕重的。仍然，在幾千里之外的多倫多，那天我的腦海是一片空白。他們怎麼可以對「我的天安門」做這樣的事情呢？我感到，我的青春結束了。果然第二天早上洗臉的時候，我發現平生的第一根白頭髮。

之後，我好幾年都沒有勇氣回北京。終於去了一趟，是一九九三年的十二月份。北京很繁榮了，大家都很忙了，晚上也不黑了，街上有很多車了。當時我在一篇文章裡寫過：「有如見到了整過容的老朋友。」北京變得很陌生，但我的確有點「回家」的感覺。

去年春天我搬到香港，跟北京的空間距離又拉近得多了。只要買張飛機票，我明天就可以去北京。可是，到現在爲止，我還沒有去過一次。每次想到北京，在我嘴裡便有一點甜、一點苦、一點酸的味道。就像初戀的對象一樣，也許我最好在心裡保存著十年前、年輕英俊時候的北京天安門廣場。

香港、北京、東京的真假

最近跑了一趟香港、北京、東京，我發現一個很有趣的現象。在這三地當中，香港給我的印象最「眞」。

我說有趣，因爲香港本來是以「假」出名的地方。香港是一個沒有長久歷史的殖民地，是「假洋鬼子」的大本營；而且大做大賣冒牌貨。

可是，香港卻有很眞實的一面。香港人從來不假裝自己是「眞」的。我沒聽過香港人說「我們才是眞正的炎黃子孫、龍的傳人」，或說「香港文化是中華民族傳統的精髓」一類的話。

香港的冒牌貨買賣也常常不是騙局，賣買雙方都明白是什麼一回事。所以，我想，敢穿假名牌時裝的香港朋友也許虛榮，但他們起碼不虛僞。也就是說，香港的「眞」，在於香港的「實在」。

反過來看北京，不能不覺得是太虛僞了。且不談過去幾十年共產政權如何不停地撒謊，又如何逼著人民說謊話；光看目前的「社會主義市場經濟」政策，已經夠假的了。

請問誰不知道「社會主義」和「市場經濟」是相互矛盾的概念？難道因爲孔夫子是死人，不會要求平反，因此可以不講「名不正言不順」的道理？

當然，忽而變成了「經濟人」的中國老百姓，一方面比過去的「政治人」實際得多了，但是他們談的「實惠」又不同於「實在」。「實在」的人接受自己「虛假」的一面，沒有陷入「虛僞」的狀態裡。反之，追求「實惠」的人卻不嫌「虛僞」，他們不僅「虛假」，而且「虛無」。

在北京首都機場拉生意的假計程車司機，滿臉的笑容，滿嘴的甜話，騙起人來可眞無恥。本來，到城裡的路費是九十塊人民幣左右，但他們的要價竟是三百五十塊。討價還價以後，我同意付一百五十塊，但下車時卻硬要我付一百八十塊。原來說好走高速公路也沒走，爲的是省十塊錢通行費。

在北京看「繁榮」的市面，也難免有「假」的感覺。

我的第一個印象是：北京有了好多「唐人街」，中國人都變成了華僑似的。

北京怎麼會有「唐人街」呢？

海外的華人集中在「唐人街」，有歷史因素。在外族統治下，過去華人的權利和自由受各方面的限制，做生意往往是他們唯一的出路（這跟猶太人在歐洲的情況一樣）。在不友好的環境裡，華人聚集的「唐人街」有兩種功能：一方面產生安全感，一起面對外面的社會；另一方面能保留自己的傳統文化和生活方式。

當然，在外國，不管是在溫哥華還是在多倫多，「唐人街」都是人工的，是「假」的中國。可是，基於對客觀現實的認識，沒人假裝他們還在自己國內，因此都很實在，祖國只是人們精神上的寄託。但從主流社會來看，「唐人街」則代表了另類心態：一是對主流社會文化的不關心，甚至敵視；二是拜金主義。

今天中國大陸的老百姓，雖然生活在自己的國土上，但處境卻很像過去在海外的華人，沒有政治上的權利，也沒有各方面的自由；唯一可走的是做生意致富之路，這就出現了北京的「唐人街心態」。當然，在中國大陸，尤其在首都北京，這種心態的含義非常嚴重；人們不關心，甚至敵視自己國家的社會文化，也不以「祖國」爲精神寄託。「華僑化」的北京人竟成了精神上的「亡國之民」，虛無主義普遍蔓延，出現了身在「祖國」的中國人模仿海外「唐人街」同胞的畸形現象。

去年（一九九三年）五月號《九十年代》刊登羅孚先生的大作〈香港在北京〉，充分描畫了北京人對香港的羨慕、憧憬心理。文中指出：有北京人大講從電視上學來有「香港特色」的普通話；一家酒樓竟賣「港式京菜」。本來，香港的北京菜，哪怕再好吃也不可能是「眞」的。然而，北京人卻寧願假裝香港人，去吃假的「港式京菜」，天下間的事能比這更假嗎？

我在北京時翻看英文《中國日報》，想找哪裡有京劇演出，但報上唯一登載的竟是新加坡京劇團來京演出的消息。在北京聽新加坡人唱京戲，能不假嗎？

從假中見眞的香港，到了眞正虛假的北京，我最後到了超越眞假的東京。

以模仿別人起家的日本，在模仿的過程中已經超過了眞貨的水平。也許是長期假做，日本已忘了自己是在假做，也忘了自己原來是什麼。

日本如今雖然不景氣，一九八〇年代「泡沫經濟」時期開始的大型項目正在陸續完工，羽田機場全新了，成田機場也剛開了新的二號樓。可以說，日本正在進入戰後經濟發展的完成期。

什麼都現代化了，日本人的生活也現代化了，很多傳統習慣在過去十年內消失了。連日本最大的節日元旦，也有不少人不在家裡過了。其實，如果我今年沒有回老家的話，我父母早就定好了要利用假期去印尼玩。去年他們就去了新加坡，前年則去了香港。

我的朋友問我：「你回來是想過日本式的元旦吧？」我說：「不是『日本式』，是『傳統』。」朋友笑著說，我就像那些來日本學歌舞伎、茶道等「傳統文化」的洋人。我心想：她是「假日本人」？抑或我是「假洋鬼子」？反正，我們都對歌舞伎和茶道，從來一無所知。

美麗田系列

美麗田001

成長是唯一的希望

⊙吳淡如　定價$200元

吳淡如第一本自我成長的私密散文，在離家的火車上、在初嚐愛戀的青春裡、在掙扎傳統價值的抗爭中……每一次都勇敢打破別人說的不可能，即使跌跌撞撞、懵懵懂懂，卻一次又一次累積成長的勳章。

美麗田002

魔法薩克斯風

⊙高培華　定價$250元

一個孤獨的單親小男孩，原本個性自閉而害羞，因爲一把薩克斯風，他第一次充滿勇氣和夢想。人的一輩子都必須認眞地做一件事，勇敢不退縮，就會有快樂和成就；所以從現在開始，一點也不遲……薇薇夫人、陳樂融、黃子佼聯合推薦

美麗田003

玩出眞感情

⊙曾　玲　定價$180元

曾玲的度假小故事，讓你看了喜歡、讀了感動；她爲你開啓一扇不同視野的度假指南。你從來不知道可以這樣度假……旅遊名作家褚士瑩眞情推薦

美麗田004

吃最幸福

⊙梁幼祥　定價$199元

62家名店美食指南，豐富導引，梁幼祥眞情推薦，26道名菜食譜，彩色照片，簡單作法，人人皆可成爲幸福料理人。亞都飯店總裁嚴長壽幸福推薦

美麗田005

眞情故事

⊙黃友玲　定價$170元

黃友玲的眞情故事每一篇都是一顆閃亮的星星，讓我們看到一點點感動的累積、一點點眞情的心意；就像在黑夜裡所散發出來的溫暖星光，教人無法忘記！

美麗田006

紅膠囊的悲傷1號

⊙紅膠囊　定價$160元

告別老煙槍的電椅理髮院、拉門式大同電視、治痛良藥五分珠；告別留在海邊的十七歲的我；告別十九歲生日快樂的她；願我遺忘、願我釋放、願我無怨無悔……，32頁精彩有顏色的春風少年心事加上120幅關於愛情的不捨回憶。知名漫畫家尤俠、名作家彭樹君、漫畫評論盧郁佳、紅膠囊死黨可樂王用力推薦

美麗田007

溫柔雙城記

⊙張曼娟　定價$180元

張曼娟在城市裡自由往來的抒情紀錄，具備了女性溫柔、體貼的文風特質，更兼具了男性果斷獨立的理性觀察，本書完整呈現張曼娟的千種風情與生活體悟。

美麗田系列

美麗田008

小迷糊闖海關　⊙曾　玲　定價$180元

一個美麗的女水手，跟著自戀迷糊的烏龍船長，加上啤酒肚的億萬富翁，以及年輕英俊的潛水教練……這是一本關於航海故事的書，篇篇精彩絕倫，冒險刺激、顚覆秩序的海上生活，等你來書中體驗，挑戰趣味！海洋名作家廖鴻基推薦

美麗田009

再忙也要去旅行-旅遊英文OK繃　⊙鄭開來　特價$199元

在忙碌的城市生活裡，每個人好像都在等待旅行的時間表，等待花開花落又一年，等待老闆高興工作加薪……但是，鄭開來要告訴你:「再忙也要去旅行!」隨書附贈鄭開來旅遊英文OK繃＋CD，爲你的英文隨時補充能量，一切 OK！No problem！

美麗田010

人生踢踏踩　⊙李　昕　定價$170元

《人生踢踏踩》是李昕的第一本書，完整記錄自己的轉折故事，充滿女性自覺的想法，李昕的勇往直前，願與你共勉－人生永遠來得及重新開始！幾米、朱德庸、夏瑞紅、蔡詩萍推薦

美麗田011

願意冒險　⊙吳淡如　定價$200元

緊緊握著勇往直前的決心，學習著放棄悲傷、飛離束縛，每一次痛苦的掙扎，都讓我們的生命源頭泉水更豐盈！吳淡如書寫生命中多次在內心、在生活裡的冒險旅程，每一篇都散發著酸甜苦辣的勇往直前。

美麗田012

旋轉花木馬　⊙可樂王　定價$180元

這是一本關於童年的書，台灣版的《狗臉的歲月》，由可樂王自編自導自演。收錄在書裡所有的塗鴉，同時配上32頁彩色圖，他不斷思考著，做爲一個孩子的我們，彼時都在想些什麼呢？可樂王試著尋求答案，試著在《旋轉花木馬》中告訴你答案……

美麗田013

紅膠囊的悲傷2號　⊙紅膠囊　定價$180元

這是紅膠囊繼悲傷1號之後的悲傷2號；情感找到缺口，悲傷也有續集，昔日的戀情拂袖而去，昨日的記憶溫暖停留，小小的喜悅、小小的幸福、小小的惆悵都可以在《紅膠囊的悲傷2號》中盡情悲傷……紀大偉、張惠菁聯合推薦

美麗田014

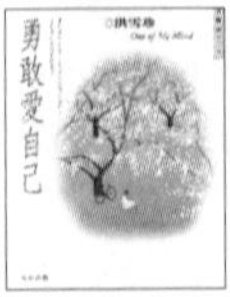

勇敢愛自己　⊙洪雪珍　定價$180元

一本爲你找回生命節奏、激勵勇氣性格的生活隨身書，一個時代青年必備的三部曲:關於工作交響曲、關於生活流行曲、關於感情合奏曲，讓你重新發現自己，原來一切可以如新，生命可以痛快有朝氣！秦慧珠、幾米、朱德庸、吳若權、陳佩周、廖和敏一致信心品質保證

美麗田系列

美麗田015

大腳丫驚險記

⊙曾　玲　定價$180元

本書沒有外國奇異風景，但是卻有本土的冒險刺激；沒有歡樂享受，但是卻有感人眞摯的故事；曾玲有著十八般武藝教你在野地裡一樣可以烤五花肉、搖搖鷄，教你做竹筒飯、汽水飯、海苔比薩，現代人的野趣與冒險全在這裡。

美麗田016

這個媽媽很霹靂

⊙李　昕　定價$180元

李昕從小就是叛逆少女，後來成爲霹靂媽媽。她讓女兒了解她的感情世界、陪女兒上色情網站，共同討論熱門話題：威而剛風潮、偶像崇拜。身爲母親的李昕，懂得如何與孩子談性、談離婚，教女兒跳佛朗明哥舞蹈。誰說媽媽一定要犧牲奉獻，刻苦忍耐，李昕不但不忍耐，她還要和女兒一起霹靂生活。

美麗田017

寫給你的日記

⊙鍾文音　定價$220元

一個單身女子離開家人與愛人、朋友，置身紐約的動盪與陌生不安，生活裡五味雜陳的酸甜苦辣，架構脫軌的眞實人生。讓你眞切體會一個人在異地都會的掙扎與找尋自我的喜悅。眞實的日記本，與你終宵共舞，讀出旅者孤獨悲傷的況味。

美麗田018

品味基因

⊙王俠軍　定價$220元

一篇篇如詩散文，層層倒回時光隧道裡，懷舊的氣味中嗅聞著一位樂於冒險、勇於嘗試，對空間敏感的小男孩如何在生活軌跡裡，摸索著對美的形成。憤怒青年時期的執著與專心，在電影、閱讀、攝影、繪畫的一致追求。直至成爲台灣玻璃的代表人物，仍舊孜孜不倦「誠意」是藝術表現的最高境界。什麼是屬於台灣眞正的美學經驗？請看王俠軍。南方朔品味推薦

美麗田019

踩著夢想前進

⊙林姬瑩　定價$200元

《踩著夢想前進》這是一本充滿勇氣與夢想的書，一個南台灣的女子實現單車環遊世界的故事，她擁有小王子的純眞及牧羊少年的勇氣，騎著單車、帶著夢想到世界旅行，她相信行萬里路之後，更淸楚知道自己的方向，用生命去體驗大自然、豐富人生。

美麗田020

心井・新井

⊙新井一二三　定價$180元

新井一二三第一本在台灣出版的中文作品，內容集結中國時報人間副刊「三少四壯集」專欄文字。從世界性的遊走氣魄，回歸到東京郊區的淡然，其中凝鍊著新井面臨日本現象，所聞所見之反思，一篇篇歷經的人情故事，讀來浮沈感人，是海外浪子身心感受的眞實世界，更是你我內心的一口心井湧現。吳淡如、林水福推薦

美麗田系列

美麗田021

華滋華斯的庭園

⊙松山 猛著　邱振瑞譯　定價$220元

《華滋華斯的庭園》讓你成爲生活玩家，從享樂中得到自由，它能讓你完全放鬆心情，勾起遺忘已久的甜蜜玩性。沒有現代人面臨的那種時間壓迫感，同時帶領讀者來到「紅茶」、「鐘錶」、「祇園」、「南法普羅旺斯」等有趣的地方，徹底實踐享樂的自由品味。

美麗田022

華滋華斯的冒險

⊙寺崎　央著　李俊德譯　定價$220元

穿什麼？吃什麼？住哪裡？興趣是什麼？旅行的去處？爲了讓您過更舒適愉快的生活，提供了16則有趣的話題供您做參考。

我們將邀請您一起去參觀Key West海明威和貓一起生活的家、好好吃頓早餐的美麗人生、單身生活者有餐具櫥櫃的房間。

美麗田023

有狗不流淚

⊙理察・托瑞葛羅夏著　李淑眞譯　定價$120元

這本實用的趣味大全，就像愛犬溫暖、親切的招呼，瑣碎的細節將使你的生活爲之一亮，讓你倍感溫馨，增加你更了解人類這位最好的朋友。本書有各種實用的小祕訣，小至如何讓你的狗維持健康、快樂，大至狗兒英勇的啓發性事蹟、狗兒是治療大師、同時也創造歷史的種種紀錄。

美麗田024

有貓不寂寞

⊙理察・托瑞葛羅夏　李淑眞譯　定價$150元

你知不知道你的貓是左撇子還是右撇子？你知道含有生物鹼的巧克力對貓是一種毒藥嗎？你經常觀察貓咪的尾巴、貓咪眨眼睛、貓咪的牙齒和壽命嗎？這是一本使你永遠不會過敏的貓咪書，挑選本書就像挑選你最愛的貓咪一樣，絕對讓你會心微笑、愛不釋手！

美麗田025

未來11

⊙ 紅膠囊/作品　張惠菁/撰文　定價$250元

這是一本風格強烈的圖文概念書，主題關於一個虛擬的時空， 由兩位新世代的優質作者——圖文書作家紅膠囊與張惠菁一同合作。紅膠囊創作了一系列充滿未來風格的圖像，而張惠菁則用文字架構起屬於《未來11》這個虛擬世界的僞知識，圖像與文字的兩種創作互相指涉，開闢出豐富的概念磁場。

美麗田026

樂觀者的座右銘

⊙吳淡如　定價$220元

現代人面臨著人心徬徨、生命無常，爲事業擔心、爲家庭煩憂的種種困境，不知該如何面對未來，也不懂如何讓自己活得聰明，挫折與壓力讓我們過得一點都不輕鬆自在……現在，超人氣名作家吳淡如在千禧年將公開自己的座右銘。

美麗田系列

美麗田027

可樂王AD/CD俱樂部　⊙可樂王　定價$269元

內容多收錄自於【花編副刊】版創版圖文專欄,可樂王這些豐富有趣的圖文，約莫完成在1996-1999年間屬於可樂式的口吻、可樂式的懷舊氣味，可樂式的思考邏輯，正在蔓延，《可樂王AD/CD俱樂部》偷偷開張了。……

美麗田028

單車飛起來　⊙林姬瑩＆江秋萍　定價$220元

上天總是適時地安排一些看似無法克服的障礙和困難，卻又往往在最後爲你準備了一份特別的禮物，而你必須經歷過程中的掙扎和煎熬，於是當你親自打開它時，才會懂得珍惜。《單車飛起來》獻給勇於接受挑戰的朋友們，讓我們的夢想能夠繼續自由地飛翔。

美麗田029

語言讓人更自信　⊙胡婉玲　定價$199元

這是一本介於自傳、語言學習法以及勵志哲學觀的混合文體，民視主播胡婉玲透過時間續循序漸進地紀錄個人經歷，再融入對於自我建設信心、學習語言的理念看法等。期望讀者們從書中汲取經驗，營造適合自己的語言學習環境，建構屬於自己的生活語言運用網。隨書附贈胡婉玲採訪CD中英文雙語有聲書

美麗田030

快樂自己來—生活點子雜貨鋪　⊙李性蓁　定價$190元

自由自在一個人，錄下電車的廣播，想在哪裡下車就在哪裡下車；設計一份Special的菜單、送一份創意的小禮物給心愛男友；即使是偶像劇也可以感動得痛哭流涕……後青春期美少女李性蓁的生活點子雜貨舖創意十足、魅力無窮。

美麗田031

朵朵小語　文：朵朵　圖：萬歲少女　定價$200元

用心灌溉快樂和希望的種子，爲你的人生開出美麗微笑的幸福花朵！自由時報花編副刊最受歡迎的專欄集成書。是心靈的維他命，生活的百憂解。甫上市即榮獲金石堂暢銷書排行榜

美麗田032

夢酥酥　圖文：商少眞　定價$350元超值價$249元

你昨日有沒有做夢？是讓你流口水一直回味的好夢嗎？還是討厭的最好忘光光的壞夢？夢的世界無法想像，但是商少眞全部幫你畫出來了。商少眞第一本關於夢的書，華麗而豐富的圖文，絕對讓你愛不釋手，還會尖叫卡哇伊！

國家圖書館出版品預行編目資料

東京人／新井一二三著；－－初版.－－台北市：大田，民89

面；　公分.　－－（美麗田；033）

ISBN 957-583-883-1（平裝）

861.6　　89008158

美麗田 033

東京人

作者：新井一二三
發行人：吳怡芬
出版者：大田出版有限公司
台北市106羅斯福路二段79號4樓之9
E-mail:titan3@ms22.hinet.net
http://www.titan3.com.tw
編輯部專線（02）23696315
傳真（02）23691275
【如果您對本書或本出版公司有任何意見，歡迎來電】
行政院新聞局版台業字第397號
法律顧問：甘龍強律師

總 編 輯：莊培園
主　　編：蔡鳳儀
企劃統籌：胡弘一
美術設計：LEO Design
校對：詹宜蓁/呂佳真/陳佩伶
印刷：耀隆印刷事業股份有限公司
初版：二〇〇〇年（民89）七月三十日
二〇〇四年（民93）十月三十日　三刷
定價：200元

總經銷：知己圖書股份有限公司
（台北公司）台北市106羅斯福路二段79號4樓之9
TEL:(02)23672044．23672047．FAX:(02)23635741
郵政劃撥：15060393
（台中公司）台中市407工業區30路1號
TEL:(04)23595819．FAX:(04)23597123

國際書碼：ISBN 957-583-883-1/ CIP:861.6　89008158

廣	告	回	郵
北區郵政管理局登			
記證北台字11049號			
免	貼	郵	票

大田出版有限公司　編輯部收

地址：台北市106羅斯福路二段79號4樓之9
電話：（02）23696315-6　傳真：（02）23691275
E-mail：titan3@ms22.hinet.net

※請沿虛線剪下，對摺裝訂寄回，謝謝！

地址：

姓名：

TITAN
大田出版

智　慧　與　美　麗　的　許　諾　之　地

閱讀是享樂的原貌，閱讀是隨時隨地可以展開的精神冒險。

因爲你發現了這本書，所以你閱讀了。我們相信你，肯定有許多想法、感受！

讀 者 回 函

你可能是各種年齡、各種職業、各種學校、各種收入的代表，
這些社會身分雖然不重要，但是，我們希望在下一本書中也能找到你。

名字／＿＿＿＿＿＿ **性別／**□女 □男 **出生／**＿＿年＿＿月＿＿日

教育程度／＿＿＿＿＿＿

職業：□ 學生 □ 教師 □ 內勤職員 □ 家庭主婦
□ SOHO族 □ 企業主管 □ 服務業 □ 製造業
□ 醫藥護理 □ 軍警 □ 資訊業 □ 銷售業務
□ 其他＿＿＿＿＿＿

E-mail/＿＿＿＿＿＿ 電話/＿＿＿＿＿＿

聯絡地址：＿＿＿＿＿＿

你如何發現這本書的？ **書名：東京人**

□書店閒逛時＿＿＿＿書店 □不小心翻到報紙廣告（哪一份報？）＿＿＿＿
□朋友的男朋友（女朋友）灑狗血推薦 □聽到DJ在介紹＿＿＿＿
□其他各種可能性，是編輯沒想到的＿＿＿＿＿＿

你或許常常愛上新的咖啡廣告、新的偶像明星、新的衣服、新的香水……
但是，你怎麼愛上一本新書的？

□我覺得還滿便宜的啦！ □我被內容感動 □我對本書作者的作品有蒐集癖
□我最喜歡有贈品的書 □老實講「貴出版社」的整體包裝還滿 High 的 □以上皆非
□可能還有其他說法，請告訴我們你的說法

＿＿＿＿＿＿＿＿＿＿＿＿

你一定有不同凡響的閱讀嗜好，請告訴我們：

□ 哲學 □ 心理學 □ 宗教 □ 自然生態 □ 流行趨勢 □ 醫療保健
□ 財經企管 □ 史地 □ 傳記 □ 文學 □ 散文 □ 原住民
□ 小說 □ 親子叢書 □ 休閒旅遊 □ 其他＿＿＿＿＿＿

一切的對談，都希望能夠彼此了解，否則溝通便無意義。
當然，如果你不把意見寄回來，我們也沒「轍」！
但是，都已經這樣掏心掏肺了，你還在猶豫什麼呢？

請說出對本書的其他意見：＿＿＿＿＿＿

＿＿＿＿＿＿＿＿＿＿＿＿

大田出版有限公司編輯部 感謝您！